esse bin ich.

Geschichten von Grenzgängen

mehr

50 Jahre

Peter Hammer Verlag

Seine Mutter und die
beiden Schwestern an ir
gendeinem unbekannter
Ort, wo ihre Mörder sie

ÄNGEN

Den

von

Über

und

werd

ist

50 Jahre Peter Hammer Verlag

Irgendwo ist mehr

PH
V

Irgendwo ist mehr

Geschichten von Grenzgängen

EINE ANTHOLOGIE IM
50. JAHR DES
PETER HAMMER VERLAGES

INHALT

Inhalt

50 Jahr

VORWORT

50 Jahre – welch ein Jubiläum für einen unabhängigen Verlag!

Dieser Geburtstag ist Anlass für eine besondere Publikation. Autorinnen und Autoren aus allen Programmbereichen des Peter Hammer Verlages haben sich bereit gefunden, zu einem Thema zu schreiben, das dem Verlag von Beginn an nah war und in 50 Jahren immer wieder Buchinhalt wurde.

Die Erfahrung von Grenzen jeder Art – die Sehnsucht, die Notwendigkeit, die Unmöglichkeit, sie zu überwinden – ist Thema ihrer Beiträge. In Geschichten, Gedichten und Sachtexten erzählen sie von Grenzgängen, die vielfältiger nicht sein könnten und diese Anthologie zu einem Kleinod machen, das uns ehrt und freut.

Allen, die dazu beigetragen haben, danken wir von Herzen! Wir freuen uns auf weitere gemeinsame Projekte und sehen der Zukunft des Verlages mit Spannung und Optimismus entgegen.

Monika Bilstein
Verlagsleiterin/Geschäftsführerin

Geschichten

Irgendwo ist mehr

von Grenzgängen

m März 2013 musste ich
ine lange, anstrengende
'lugreise von Nicaragua

Franziskus: ein neuer Papst für eine neue Kirche

ERNESTO CARDENAL

Im März 2013 musste ich eine lange, anstrengende Flugreise von Nicaragua nach Argentinien hinter mich bringen, und zwar nicht nach Buenos Aires, sondern mit einem Inlandsflug bis zur Stadt Mendoza im Norden, wo ich erst gegen Mitternacht ziemlich erschöpft ankam. Am nächsten Tag wurde ich gleich im Hotel interviewt, und die erste Frage verstand ich zunächst überhaupt nicht: Was hielte ich denn von einem argentinischen Papst?

Ich verstand dies als hypothetische Frage: Was hielte ich davon, wenn einmal ein Argentinier zum Papst gewählt würde (als ich aus Managua abreiste, hatte im Vatikan gerade die Papstwahl begonnen), und erst, als man mir die Frage zum dritten Mal stellte, begriff ich, dass tatsächlich ein Argentinier zum Papst gewählt worden war. Der, während ich mit dem Flugzeug unterwegs war, vom Balkon am Petersplatz aus gesagt hatte, man habe ihn vom Ende der Welt hergeholt.

Für mich war es eine echte Überraschung, dass diesmal kein Europäer, sondern ein Argentinier gewählt wurde, ein Kardinal, von dem ich vorher noch nie etwas gehört hatte. Alle Kardinäle, die heute im Amt sind, wurden von den

Päpsten Johannes Paul II. und Benedikt XVI. ernannt, und diese beiden Päpste hatten ausschließlich konservative oder reaktionäre Bischöfe berufen, weshalb ich von dieser Papstwahl nichts Neues erwartete.

Von dem Augenblick an, als der Papst auf den Balkon trat, ließen sich aber Veränderungen erkennen. Veränderungen in der Kleidung; er erschien in einer einfachen weißen Soutane, lehnte die üblichen päpstlichen Roben mit Spitzen und goldgewirkten Gewändern ab. Wie später zu erfahren war, hatte er einem Mitarbeiter, der ihm beim Ankleiden half, gesagt: »Jetzt ist Schluss mit dem Karneval.«

Ich meine gelesen zu haben, dass er auch den päpstlichen Goldring zurückwies, der traditionell nach dem Tod eines jeden Papstes zerstört wird, und lieber seinen einfachen Eisenring behielt, den er schon vorher trug. Eine weitere Veränderung wurde deutlich, als der Papst beim Heraustreten auf den Balkon, bevor er der Tradition nach den Segen erteilte, niederkniete und die Menge um ihren Segen für sich selbst bat.

Eine Neuheit war auch sein Name. Statt einen der herkömmlichen Papstnamen wählte er den Namen »Franziskus«. Wie Leonardo Boff dazu treffend bemerkte, ist es nicht einfach irgendein Name, den jemand da wählt, sondern ein Lebensprojekt. Und in diesem Fall war es nicht nur das Lebensprojekt eines neuen Papstes, sondern das Projekt einer neuen Kirche.

Wir erleben gerade eine echte Revolution im Vatikan. Franziskus ist ein Papst, der nicht wie ein Papst leben will. Er hat es abgelehnt, im Papstpalast mit seinen vierzehn Gemächern zu wohnen, und ist in dem bescheidenen Hotelzimmer geblieben, in dem er vor seiner Papstwahl logierte. Sein Essen nimmt er im Speiseraum des Hotels ein, wo er sich selbst mit einem Tablett bedient. Das »Papamobil« hat er zurückgewiesen; als man es ihm das erste Mal anbot, sagte er, man möge ihm das kleinste Auto bringen, das es im Vatikan gebe. Er hat jeglichen Luxus abgelehnt, kleidet sich einfach, umarmt die Menschen und lässt sich umarmen. Er führt seine Telefonate selbst und spricht eine klare, direkte Sprache. Statt »Papst« will er nur »Bischof« genannt werden. (Bischof von Rom, in seinem Fall, das ist es nämlich, was ihn zum Papst macht. Und er benimmt sich nicht wie ein absolutistischer Monarch, sondern wie ein einfacher Gemeindepfarrer.

Papst Franziskus hat zwar, soweit ich weiß, nicht über die Befreiungstheologie gesprochen, doch ist Befreiungstheologie weniger eine Glaubenssache als vielmehr etwas, das man praktiziert.

Mir scheint, dass der Name »Befreiungstheologie« ohnehin falsch gewählt ist. Es wäre leichter zu verstehen, worum es geht, wenn es »Revolutionstheorie« hieße. Den lateinamerikanischen Bischöfen, die dieser Theologie ihren Namen gaben, klang das Wort »Revolution« zu gewaltig, weshalb sie zu dem Euphemismus griffen, der im Grunde dasselbe bedeutet. Würden wir die Befreiungstheologie aber »Revolutionstheologie« nennen, müsste niemand nachfragen, denn jeder versteht das Wort »Revolution«, diejenigen, die dafür sind, genau so wie die, die dagegen sind. Und niemand würde fragen, weshalb die beiden Päpste Johannes Paul II. und Benedikt XVI. gegen diese Theologie waren, denn jeder weiß, dass diese Päpste Feinde jedweder Art von Revolution gewesen sind.

Die Befreiungstheologie ist die eigentliche, die wahrhafte Theologie des Evangeliums, das ein Evangelium der Befreiung ist. Das Wort »Evangelium« meint ja nicht einfach

»Evangelium«. Es ist ein griechisches Wort, das »Gute Nachricht« bedeutet. Der Sinn, den Jesus diesem Wort gab, war »Gute Nachricht für die Armen«, die Nachricht von ihrer Befreiung. Was dasselbe ist, als ob man »Revolution« sagt. Oder die Welt verändern. Sie auf den Kopf stellen. Oder, besser gesagt, auf die Füße stellen, denn gegenwärtig steht sie ja auf dem Kopf.

Unter den Päpsten Johannes Paul II. und Benedikt XVI. wurden die Bischöfe und Priester, die aus der Befreiungstheologie kamen, durch erzkonservative, rechte Personen ersetzt. Alles, was mit dieser Theologie zu tun hatte, wurde unterdrückt. Gleichzeitig bekämpfte die Regierung der Vereinigten Staaten die Befreiungstheologie, indem sie fundamentalistische, evangelikale Sekten instrumentalisierte, die ein individualistisches, konservatives Evangelium predigten. Und die Befreiungsbewegungen bekämpfte sie mit ihren Geheimdiensten und brutalster Repression, die eine riesige Zahl Märtyrer hinterließ. Im sogenannten Dokument von Santa Fé mit dem Titel »Eine neue Politik gegenüber Lateinamerika für die Achtzigerjahre« wird Präsident Reagan vorgeschlagen, die Befreiungsbewegungen durch die Niederlassung fundamentalistischer nordamerikanischer Kirchen in Lateinamerika auszuschalten. Im Jahre 1999 erklärte die »School of the Americas«, wo die lateinamerikanischen Militärs ausgebildet wurden und lernten, wie man unterdrückte und folterte, die Befreiungstheologie sei mit Hilfe der Armee der Vereinigten Staaten besiegt worden.

Bei der zweiten Reise von Johannes Paul II. nach Nicaragua, als die Sandinisten die Macht schon verloren hatten, fragten ihn Journalisten im Alitalia-Flugzeug nach der Befreiungstheologie, und der Papst sagte, von ihr gehe nun keine Gefahr mehr aus, weil der Kommunismus tot sei. Bischof

Pedro Casaldáliga aus den Tiefen des Amazonasregenwalds antwortete darauf: »Solange es Arme gibt, wird es auch Befreiungstheologie geben.«

Johannes Paul II. pflegte zu sagen, Nicaragua sei sein zweites Polen, aber das war ein riesiger Irrtum. Nicaragua war niemals ein zweites Polen. Polen, dieses zutiefst katholische Land, hatte eine Regierung, die der Religion feindlich gegenüberstand und deshalb sehr unbeliebt war. Nicaragua, ebenfalls ein sehr katholisches Land, hatte eine revolutionäre Regierung mit marxistischer Ausrichtung, die jedoch ein Bündnis schloss mit dem revolutionären Christentum, auf die massenhafte Unterstützung der Christen zählte und deshalb auch ungeheuer beliebt war.

Der Papst kam, so schlecht informiert, wie er war, nach Nicaragua, um der Revolution zu schaden. Zu dem, was er als Erstes tat, als er nicaraguanischen Boden betrat, gehörte die öffentliche Demütigung, die er mir bei laufenden Fernsehkameras am Flughafen zufügte. Er hatte wissen lassen, dass er mich bei seiner Begrüßung dort nicht sehen wollte, und man hatte ihm bedeutet, er müsse die Minister ja nicht einzeln begrüßen, sondern könne ihnen einfach von Weitem zuwinken, und so war es dann mit dem Vatikan vereinbart worden. In einer Papstbiografie steht zu lesen, dass seine Begleiter, als das Flugzeug auf dem Flughafen in Managua zum Stehen kam, sahen, dass ich anwesend war, und ihn sofort davon informierten. Deshalb scheint mir, der Papst habe damals wohlüberlegt gehandelt. Nach der protokollarischen Begrüßung fragte er Daniel Ortega, den Staatspräsidenten, der ihn am Arm führte, ob er die Minister persönlich begrüßen könne, und als Daniel dies bejahte, kam er zu uns herüber. Begleitet von Daniel und dem Kardinal Casaroli, dem Staatssekretär des Vatikans, gab er jedem Minister die Hand.

Als er aber zu mir kam, hob er drohend den Finger wie einen Stock und sagte in tadelndem Ton: »Sie müssen Ihre Situation in Ordnung bringen.« Ich schwieg, denn ich wollte keinen Streit mit dem Papst anfangen, und so wiederholte er dieselben Worte, während die Fernsehkameras aus aller Welt auf uns gerichtet waren. Die man schon vorher darauf angesetzt hatte, will mir fast scheinen.

Dabei war meine Situation völlig in Ordnung, denn wir Priester, die wir Regierungsämter ausübten, taten dies mit Zustimmung der nicaraguanischen Bischöfe, und die hatten ihre Zustimmung auch öffentlich gemacht. Sie war sogar über den *Osservatore Romano*, die offizielle Zeitschrift des Vatikans, und über Radio Vatikan verbreitet worden. Was dem Papst in Wahrheit missfiel, war die Tatsache, dass die nicaraguanische Revolution eine solch massenhafte Unterstützung der Christen erfuhr und, schlimmer noch, dass sich auch Priester an ihr beteiligten. Wahrscheinlich wäre es ihm lieber gewesen, die Revolution hätte die Kirche verfolgt und sie wäre beim Volk so unbeliebt geworden wie die polnische Regierung.

Dann kam die große Feldmesse, an der 700 000 Menschen teilnahmen, was zu jener Zeit einem Viertel der nicaraguanischen Bevölkerung entsprach. Weil der Papst dem Irrtum aufsaß, Nicaragua wäre so etwas wie ein zweites Polen, griff er während der Messe die Revolution an, nicht direkt, mit deutlichen Worten, sondern durch die perfide Tonlage, die er wählte, als der vollendete Theaterschauspieler, der er war. Als die Zuhörer aus dem Volk sich des feindseligen Tons seiner Worte gewahr wurden, protestierten sie immer empörter, bis sie schließlich offen gegen ihn rebellierten.

Etwas hat der Vatikan über diesen Besuch verheimlichen wollen, und nur sehr wenige Menschen haben damals davon erfahren: Die Delegation des Papstes hatte zwanzig kugelsichere Westen mitgebracht, und man drängte den Papst, während der Messe eine davon anzulegen, was er jedoch ablehnte. Dies ist eine sehr erhellende Information: Man war offensichtlich darauf vorbereitet, dass die Messe stürmisch verlaufen würde, und rechnete mit allem, vom plötzlichen Sturz der Regierung bis zu einem Attentat auf den Papst.

Und stürmisch verlief diese Messe tatsächlich. Die Teilnehmer aus dem nicaraguanischen Volk verhielten sich dem Papst gegenüber respektlos, doch zuerst hatte sich der Papst dem nicaraguanischen Volk gegenüber respektlos verhalten, indem er dessen Revolution scharf angriff. Als die Proteste aufbrandeten, musste er mehrfach »SILENCIO!« rufen. Die heiligen Worte der Weihung konnte er nicht in Ruhe sprechen, weil das Volk Parolen rief wie: »Wir wollen Frieden!«, »Alle Macht dem Volk!« und: »Sie kommen nicht durch!« (die von den USA bezahlten Söldner). Zum Abschluss der Messe war es dem Papst kaum möglich, den Segen zu erteilen, dreimal musste er dazu ansetzen, weil die Menge die Hymne der Sandinisten sang.

Es war das erste Mal, dass ein Papst der Neuzeit in aller Öffentlichkeit eine solche Demütigung erfuhr. Als er nach Rom zurückkehrte, empfing ihn die Kommunistische Partei auf dem Petersplatz mit Spruchbändern, auf denen dieselben Parolen zu lesen waren, die die Menge ihm in Managua entgegengerufen hatte: »WIR WOLLEN FRIEDEN!« In den Vereinigten Staaten stand im *National Catholic Reporter*, dass sich der Papst in Nicaragua geweigert hätte, über den Frieden zu reden, wie er es in den anderen mittelamerikanischen Ländern getan hatte, in denen er zu Besuch gewesen war, und dass sich ihm in Nicaragua die Menge so entgegengestellt habe, wie der heilige Paulus sich dem ersten Papst entgegenstellte.

Wenn das Gegenteil geschehen wäre, wenn das Volk den Angriffen des Papstes applaudiert hätte, dann hätten wir, die wir von der Ehrentribüne aus an der Messe teilnahmen, unsere Koffer packen können. Und die Revolution hätte darüber stürzen können.

In diesem Zusammenhang sei mir eine Anekdote gestattet: Papst Johannes Paul II. kam einmal zu zwei Kardinälen, die ein Streitgespräch führten, bei dem einer der beiden dem anderen mit dem Finger drohte, worauf der Papst ihn deswegen schalt. Der aber antwortete, er, der Papst, habe dies doch in Nicaragua selbst getan. Da fasste sich der Papst an Kopf und sagte, man möge ihn besser nicht daran erinnern, er bereue längst, so gehandelt zu haben. Einer der beiden Kardinäle kam aus Deutschland und hat die Episode dem ehemaligen Bischof von Granada in Nicaragua, Monsignore Bernhard Hombach, erzählt, der ebenfalls aus Deutschland stammt und durch den wir davon erfahren haben.

Das stimmt damit überein, was Kardinal Merry del Val erzählt, auch er Staatssekretär des Papstes: Kurz bevor der Papst starb, wurden auf vielen Fernsehkanälen der ganzen Welt Berichte über sein Leben gesendet, oft auch mit der bekannten Szene, in der er mich mit erhobenem Zeigefinger schilt. Als der Papst das sah, sagte er dem Kardinal del Val, es gefiele ihm nicht, dass diese Begebenheit immer noch gezeigt würde, weil ein Priester so etwas einem anderen gegenüber nicht tun sollte. Worte, die eher der freundliche Papst Franziskus gesagt haben könnte als der rüde Woytyla.

An jenem Morgen in Argentinien freute ich mich wirklich sehr zu erfahren, dass wir jetzt einen Papst aus Lateinamerika hatten, und meine Freude wuchs von Tag zu Tag, als mir klar wurde, dass diese Wahl konservativer Kardinäle wie ein echtes Wunder war. Für viele, die in der Sixtinischen

Kapelle abstimmten, könnte das Ergebnis auch eine Überraschung gewesen sein, und nicht gerade eine angenehme. Wer wusste, dass der Kardinal-Erzbischof Bergoglio aus Buenos Aires abgelehnt hatte, in Rom im eleganten erzbischöflichen Palast zu leben, stattdessen ein bescheidenes Apartment vorzog, auf einen eigenen Fahrer verzichtete und den Bus und die U-Bahn nahm, um in der Stadt umherzufahren, hätte wissen können, was diese Wahl bedeutete. (Für die Reise nach Rom, von wo aus er nicht mehr nach Buenos Aires zurückkehrte, als er zum Papst gewählt worden war, hatte er ein Rückflugticket in der Economy Class gekauft.)

Was Wahlen betrifft, so habe ich in jüngster Vergangenheit noch zwei weitere Wunder erlebt, die ich bis dahin für undenkbar gehalten hätte, und zwar die folgenden: die Wahl eines schwarzen Präsidenten im Weißen Haus (unabhängig davon, dass er die Erwartungen vieler nicht erfüllt hat), in einem Weißen Haus, wo bis zu dem Zeitpunkt kein einziges Foto, kein einziges gemaltes oder gezeichnetes Bild von einem Schwarzen zu finden war. Und die Wahl eines indianischen Präsidenten in Bolivien, wo die Indios von vielen verachtet werden. Evo Morales ist ein Aymara-Indio, der erst spät gelernt hat, Spanisch zu sprechen. Die, die ihn Evo getauft haben, müssen gedacht haben, Evo sei die männliche Form von Eva.

Das größte Wunder ist für mich jedoch das Erscheinen von Papst Franziskus, der eine wahrhafte Revolution im Vatikan betreibt. Die eine Revolution für die ganze Welt sein wird. Sie auf die Füße stellen wird, weil sie auf dem Kopf steht. Die Revolution von Jesus von Nazareth:

Die Letzten sollen die Ersten und die Ersten die Letzten sein.

Aus dem Spanischen von Lutz Kliche

e fanden das Unfall
n Abhang. Ohne Kr
cheiben unversehrt –
reck an den Seiten.
rschlossen.

Die Amsel

HARRIET GRUNDMANN

Sie fanden das Unfallauto oben am Abhang. Ohne Kratzer, die Scheiben unversehrt – nicht mal Dreck an den Seiten. Die Türen verschlossen. Der Fahrer? Weg. Nur eine Amsel saß auf dem Dach. Flog nicht fort. Gab keinen Warnlaut, saß einfach nur da wie eine reinkarnierte Seele, die noch nicht weiß, dass sie jetzt Vogel ist und nicht mehr Mensch.

Jo wusste, dass Tim und sie jetzt, da sie an dem Unfallwagen standen, zu spät zum Geburtstag von Tims Vater kommen würden.

Der Kaffee läuft sicher schon durch die Rowenta, dachte Jo. Wie jeden Tag um drei oder, wenn Besuch kam, um halb vier. »Ist ja schon zwanzig vor«, murmelte sie und dachte auch: Macht nichts.

Jo mochte keinen Kaffeemaschinenkaffee – eigentlich, trank ihn dort, wenn alle beisammen waren, aber doch. Espresso oder Cappuccino zu mögen, aber keinen Kaffeemaschinenkaffee, das hätte in der Familie niemand verstanden.

Es hätte womöglich exzentrisch gewirkt. Es machte für die anderen einfach keinen Sinn.

Tee gab es nicht, niemand kam auf die Idee, ihn anzubieten … und wenn alle sagten: »Oh, jetzt erst mal 'ne schöne Tasse Kaffee!«, und Jo dabei ansahen, dann nahm Jo auch eine, und alle fanden, so sei die Welt doch in Ordnung.

Alle, das heißt die Schwiegermutter, die sehr lieb und schwerhörig war … der Schwiegervater, der seit Ende des Krieges vom Herzen her stumm war, nicht sprechen und nichts hören wollte … die Schwägerin, die ununterbrochen redete … sowie die scheuen Nichten, die einen kraftlosen Händedruck hatten und sich beim Kaffeetrinken immer verstohlen in der Scheibe des Wohnzimmerschranks betrachteten, wo ihre lockigen Köpfe mit den anmutigen Porzellanfiguren ihrer Großmutter konkurrierten. Meist schwiegen die Nichten, obwohl sie jung und frisch waren, oder sie holten zu halben Geschichten aus, die ihre Mutter dann zu Ende brachte.

Dann war da noch Tims Schwester, raubeinig, dominant und bereit, allem, was jemand am Tisch erzählte, etwas Unpassendes, Eigenes aufzuzwingen, jeden guten Vorschlag von vornherein abzuwürgen. »Ein Spaziergang durch den schönen Wald nach dem Kaffee?« »Nein.« »Oder am Strand?« »Och nö.« »Etwas Räucherfisch zum Abendbrot?« »Widerlich.«

Nach dem Kaffee wollte Tims Schwester ihren Bruder immer überreden, mit ihm oben im alten Kinderzimmer zu rauchen. Es stank dort, es war kalt und alles vollgestellt mit alten Möbeln und verblichenen Plastikblumen. Jo wusste in der Zeit nie, was sie machen sollte.

Alle in der Familie fanden, bei einer Tasse schwarzen, sauren Rowenta-Kaffees war die Welt in Ordnung. Deren Welt.

Und tatsächlich, damals, als Jo noch ganz jung war, Studentin und von dem Zusammenhalt dieser Familie so beeindruckt, da dachte sie das auch. Und nahm noch eine Tasse. Und fühlte sich nie gut dabei und konnte doch nichts sagen. Bis heute.

Der Abhang, an dem das Auto seitlich zum Stehen gekommen war, war bestimmt fünf oder sechs Meter tief. Es ging steil bergab, große Steine, Geröll und Büsche versperrten die Sicht nach unten.

Das Auto hatte tiefe Spuren in den Boden gefräst, das Gras und die Kamille waren platt gedrückt, das Wiesenschaumkraut herausgerissen. Die Büsche und die tiefe Erde mussten das Auto gebremst und vor dem Absturz gerettet haben, dachte Jo. Aber der Fahrer war weg, hatte sich vielleicht in Luft aufgelöst. War vielleicht gestorben und dann für sie unsichtbar geworden. Vielleicht hatte er sich bei der Himmelspforte oben an der Garderobe vorbeigeschmuggelt und seinen Körper einfach nicht abgegeben. Oder wo war der jetzt?

»Vielleicht ist die Amsel der Fahrer von eben«, sagte Jo und schaute Tim lächelnd an, wie ein kleines Mädchen, das sich was ausgedacht hat. »Hm«, meinte er, legte kurz die Arme um sie, küsste sie und sagte: »Wir kommen zu spät!«

»Ich weiß, aber jetzt mal wirklich, wo ist der Typ?«, fragte Jo und sah Tim stirnrunzelnd an. Der spähte vorsichtig über den unbefestigten Abhang. Inspizierte das Auto. Ging in die Knie und schaute drunter. Kam hoch, drehte sich langsam um sich selbst, sah sich die Gegend an. »Keine Ahnung«, sagte er, zuckte mit den Schultern und schaute auf die Uhr.

»Was machen wir hier?«, fragte er. »Worauf wartest du noch?«

Jo schüttelte den Kopf, blickte ihren Mann an.

Das Auto, das jetzt so einsam da stand, war lange vor ihnen hergefahren. Sonst schien keiner unterwegs gewesen zu sein. Die Sonne, die Musik im Radio und die wunderbare Sommerlandschaft. Jo hatte gedacht, der Fahrer im roten Auto und wir, wir fühlen uns genau gleich. Sausen dahin, wie in einem schönen Film. Haben uns freigenommen an einem Tag, an dem alle anderen arbeiten müssen.

Aber das rote Auto war mit der Zeit deutlich schneller geworden, und während sie anfangs dicht hinter ihm fuhren, hatte es sich später in den Biegungen der Landschaft verloren. Die Straße war angestiegen, kurviger geworden. Nur hin und wieder blitzte der Wagen leuchtend und ganz klein weit weg vor ihnen auf. Jo freute sich jedes Mal, wenn sie ihn wiedersah.

Ein bisschen fühlte es sich an, als seien sie in ihrem Mietwagen und der Fahrer in dem roten Auto ganz allein auf der Welt.

»Ich sehe ihn gar nicht mehr«, hatte Jo irgendwann entrüstet gesagt, und als sie dann an einem großen Feld entlanggefahren waren und die Bremsspuren sahen, den niedergepflügten Weizen am Feldrand und die Autospur, die direkt durch die Halme, quer über den Weg, über die Wiese, durch die Büsche am Wald vorbei auf den Abhang zuführte, da hatte Jo plötzlich geschrien: »Mensch, da ist was passiert, vielleicht ein Herzinfarkt oder so. Das war das rote Auto, bestimmt!« Obwohl sie es noch gar nicht sehen konnte.

Und Tim hatte gestöhnt, »Ach, Mann, wir kommen zu spät«, war dann aber wirklich rechts rangefahren, hatte den Warnblinker eingeschaltet, und Jo war aus dem Auto gesprungen und der Spur ihres klopfenden Herzens gefolgt, in großen Schritten den zerfurchten Weg entlang. War ihrem merkwürdigen Gefühl gefolgt und hatte dann Gewissheit:

Der rote Wagen stand schräg am Abhang oben an der Steilküste.

»Siehst du, ich hatte recht«, hatte sie Tim zugerufen, der durch das hohe Gras gestiegen kam. »Das ist doch nicht normal, so quer durchs Feld zu fahren und dann zu verschwinden. Vielleicht hatte der Typ irgendeinen Anfall und ist einfach allein losgetaumelt.«

»Ich renn doch hier nicht durch die Gegend und suche einen Typen, der vielleicht nur pinkeln ist«, antwortete er.

»Und dann rast man durch ein Feld auf einen Abhang zu, ja? Um zu pinkeln?«, rief Jo feurig und wedelte die Mücken weg, die um sie herumtanzten.

»Ich muss zu Hause anrufen, wir sind ja jetzt schon zu spät«, sagte er. Nahm sein Smartphone, ließ es wählen und wartete, dass zu Hause jemand am alten grünen Telefon den Hörer abnahm.

»Wir kommen später, auf der Strecke war ein Unfall oder so«, hörte Jo ihn sagen. Wie immer wenig Worte. Wenn seine Schwester am anderen Ende war, lachte sie sicher hämisch und sagte: »Ihr seid ja immer zu spät.«

Jo konnte es geradezu hören. Und Tim? Der sagte nur: »Das stimmt so nicht, aber wir sind bald da. Bis später.«

Die Sonne kam raus, und wie auf Knopfdruck fing die Amsel an zu zwitschern. Ein kleines Piepen, erst immer im gleichen Ton, dann mit Höhen und Tiefen, so, als taste sich die Amsel vor, wolle das Zwitschern ausprobieren, fand Jo. Die Amsel hüpfte nicht weg, drehte sich zur Seite, streckte sich und schmetterte ihr Gezwitscher den Abhang hinunter, verstummte abrupt – als sei sie erschrocken über ihre Stimmgewalt, fing wieder an, verstummte wieder und schaute Jo und Tim an, hüpfte hoch, landete wieder auf dem Dach, ihre Krallen auf dem Metall, rutschte, stand und zwitscherte weiter.

»Die Amsel hat das Auto gefahren«, wiederholte Jo wie ein kleines Mädchen. Sie schämte sich irgendwie, weil sie nur das Auto, aber keinen Verletzten vorweisen konnte. Die Brisanz war weg.

»Das ist doch keine normale Amsel«, sagte sie und lachte. »Die zwitschert bestimmt gerade zum ersten Mal. Die macht was, was sie noch nie getan hat.«

Tim nahm Jo in den Arm. »Wir könnten auch was tun, was wir noch nie getan haben.«

Jo musste lachen. Sie mochte ihren Mann, wenn er so war.

»Wir sind zum Kaffee eingeladen«, sagte sie. »Und wir haben einen Unfallwagen ohne Leiche und eine Seele, die in einen Vogel geschlüpft ist. Schau doch mal, jetzt übt sie fliegen.«

Die Amsel hüpfte übers Autodach, streckte die Flügel seitwärts, flatterte.

»Die ist mutig«, sagte Jo. »Überwindet sich. Fliegt gleich zum ersten Mal. Pass auf! Gerade noch Mensch gewesen und jetzt Vogel. Einfach daran zu glauben, dass man fliegen kann und nicht hinabstürzt in den Abgrund, dazu gehört Mut. Zu vertrauen, dass etwas von einem übrig bleibt, wenn man Richtung Sonne flattert und Teil des Himmels wird. Dass das erlaubt ist. Und erwünscht. Schön.«

Der Gedanke an die mutige Amsel machte ihr Herz plötzlich viel leichter. Die Sonne wärmte sie, die duftende Kamille beruhigte, und das platt gefahrene Gras roch wie gemäht. In Jo keimte ein Gedanke auf: Lass uns hierbleiben, den Sommer feiern und nicht zum Geburtstag gehen. Aber sie sagte es nicht.

Jo setzte sich auf die Wiese. »Ich will die Amsel noch ein bisschen beobachten«, sagte sie. »Das ist ein würdiger Moment, eine Amsel, die zum ersten Mal in den Himmel steigt.«

Tim ließ sich auch fallen, legte sich zurück, nahm einen Grashalm in den Mund. Verscheuchte mit dem Fuß zwei Fliegen.

»Ob dein Vater sich diesmal über unser Geschenk freut?«, fragte Jo leise. Sie hatten Mon Chéri dabei, weil sie wusste, die mochte er gern. Nicht er hatte es gesagt, aber Tims Mutter. Sie hatten auch eine Mütze für ihn. Er trug immer eine. Auch im Sommer. Die neue war weich und grün und in ein Papier mit Gartenzwergen drauf eingeschlagen. Das passte zu ihm, fand Jo.

»Bestimmt freut er sich«, sagte Tim.

»Aber sagen wird er's nicht«, meinte Jo.

»Natürlich nicht«, antwortete er.

Der Schwiegervater wird sich nicht einmal bedanken, dachte sie. Er hatte noch nie »Danke« gesagt. Er sagte »Ja«, wenn er etwas geschenkt bekam, nahm es, und seine Augen sahen einen dabei freundlich an. Dann legte er das Geschenk immer so, wie es war, eingepackt, auf den Wohnzimmertisch, runzelte die Stirn und schaute wieder zum Fernseher. Und dabei war er nicht dement oder dumm, sondern wach und schlau. Das sah Jo in seinen Augen.

»Ich glaube, dein Vater hat sich vor Jahren entschieden, nie mehr Danke zu sagen. Nichts und niemanden zu brauchen. Wenn das so ist, übersteht man alles leichter. Weil man nichts und niemanden vermisst, falls man etwas oder jemanden verliert«, sagte Jo. Und obwohl sie wusste, dass neun Jahre Gefangenschaft in Russland nach dem Ende des Krieges dafür verantwortlich waren, dass ihr Schwiegervater sich so verhielt, und obwohl sie jedes Mal lächelte, wenn er sie anschaute, machte es sie wütend, dass er nicht Danke sagte und keine Freude teilen wollte. Und keinen Ärger.

Und keine Liebe. Nichts nehmen, nichts geben. Dabei war er doch lebendig und dachte und fühlte, das konnte sie spüren.

»Die Amsel ist doch irgendwie lächerlich«, fand Jo plötzlich und lehnte sich vor. »Was macht die denn da?«

Völlig unentschieden flatterte der Vogel auf dem Autodach und flog nicht los und hatte keine Eile und blieb in seinem merkwürdigen Zwischenzustand und schien sich dabei nicht einmal unwohl zu fühlen. »Flieg endlich, flieg!«, murmelte Jo und klatschte einmal in die Hände.

Die Amsel machte einen Satz und stieg plötzlich in die Luft, schlug die Flügel und segelte höher und dann links vom Weg in den Wald hinein. Jo sprang auf. »Los, lass uns mal gucken, wohin sie fliegt«, sagte sie, »und vielleicht finden wir ja auch den Fahrer des roten Autos wieder in dem schattigen Wald.«

Tim erhob sich unwillig. »Und dann lass uns mal weiterfahren«, sagte er.

Du hast ja auch keine Lust, dachte Jo. Und überlegte, als sie in den Wald traten: Und wenn ich einfach nie wieder dort mit hingehe? Ich könnte einfach sagen, ich liebe dich, aber deine Familie ertrag ich nicht. Sie lieben mich nicht. Sie mögen mich nicht. Sie freuen sich nicht über mich. Hätten dich lieber allein. Deine hübschen Nichten, die von dir bewundert werden wollen und eifersüchtig auf mich sind … deine Schwägerin, die uns dafür hasst, weil wir zu zweit da sind und sie immer ohne deinen Bruder kommt. Deine Schwester, die eins sein will mit dir und lieber Macht als Freundschaft will.

Nur deine Mutter mag mich, aber sie hört mich nicht. Und dein Vater mag mich – ich weiß, aber er spricht nicht und tut nichts. Er ist einfach nur da, und alles muss ich mir denken, musst du dir denken. Und niemand streitet sich mit ihm, ging es Jo durch den Kopf. Nur ich habe die Wahrheit gesagt, als er davon sprach, wie sich sein ältester Sohn für immer von ihm abwandte, weil er zu viel getrunken hatte. »Gesoffen«, sagte er. Und Jo hatte ihn angeschaut und dann gesagt: »Aber du hast doch wirklich damals zu viel gesoffen.«

Da hatte er sie angelacht, und in seinen Augen war Freundschaft gewesen für diesen einen Moment.

»Dein Vater war mir einmal nahe«, sagte Jo. »Bei diesem einen gemeinsamen Lachen. Mehr ist nicht.«

Das ist zu wenig, dachte Jo.

Mit einem Mal mochte sie den dunklen Wald und fragte sich, ob der Fahrer des Autos auch die Dunkelheit suchte und brauchte, jetzt, so wie sie.

»Guck mal«, sagte Tim plötzlich. Da standen Sportschuhe unter einem Baum.

Und plötzlich ein Gedanke. Beide hatten ihn. Tim und Jo schauten ganz schnell nach oben. Dort war, zum Glück, nur die Baumkrone und niemand sonst – tot oder lebendig. Kein Mensch.

Aber auf dem dicksten Ast wieder die Amsel. »Ich sage dir, die Amsel ist der Typ«, flüsterte Jo. »Mutig. Macht einfach sein Ding. Hat keinen Bock mehr, ein Mensch zu sein. Braucht keine Schuhe. Lässt sie einfach hier stehen. Hat sich vielleicht genau hier transformiert. Hüpft herum, zwitschert, fliegt. Ist eins mit dem Wald und dem Moosduft und dieser tollen Sommerluft und überhaupt. 'ne Amsel will ich sein«, sagte sie, »oder irgendein anderes Tier.«

»Du bist doch mein Vogel«, meinte Tim. Zog sie wieder an sich. »Mein kleines Flattertier.« Sie lachte, wand sich wie ein Fisch an der Angel. Er schaute sie an, ganz ernst. »Mein kleines sperriges Fischchen.«

»Fischchen?«, fragte sie. Und schlagartig – »Oh nein!« – fielen ihr die Hornschmidts ein, ein Nachbarehepaar. »Kommen die heute etwa auch?«

Die Hornschmidts, die schon oft mit an der Kaffeetafel der Schwiegereltern gesessen hatten, samt ihrer ekligen Geschichte von der riesigen Ladung Butt, die sie geschenkt bekommen hatten. Immer wieder die Buttgeschichte. Hatte sie vergessen. Bis Tim sie »Fischchen« genannt hatte.

Der Butt im Kofferraum von Hornschmidts Auto. »Und dann haben wir Butt gekocht«, hatte Herr Hornschmidt erzählt, »und so viel Butt gegessen, bis nichts mehr übrig war. Fast hätten wir uns übergeben. Das war vielleicht viel Butt.« Und während er mit großen Gesten die Buttgeschichte ausschmückte, hatte seine Gattin wie eine dicke Unke neben ihm gesessen, mit ihren Glupschaugen auf die bestickte, krümelige Tischdecke geglotzt und mit spitzen gefeilten Fingern die Falten glatt gestrichen, als sei das Faltenglattstreichen eine Geste, die Besonderheit und Feinheit ausdrückte. Wenn es nicht um Butt ging, dann redeten die Hornschmidts schlecht über andere Leute und fühlten sich dabei als etwas Besonderes. Auch über ihren Sohn, den Schweinezüchter, redeten sie schlecht, weil er eine Frau geheiratet hatte, die sie nicht mochten. »Und stellt euch vor, als wir sie zum ersten Mal trafen, trug sie eine rote Bluse – eine rote Bluse! Das muss man sich mal vorstellen.« Das war der Moment, als Jo dachte, sie halte es dort am Tisch nicht mehr aus.

Tim schwieg. Der Vater, dessen Geburtstag es war, war aufgestanden und hatte den Fernseher eingeschaltet. Ganz laut, weil er sonst nichts verstand. Niemand hatte sich mehr unterhalten können. Die Schwägerin, deren Mann seit einigen Jahren nicht mehr mit seinen Eltern sprach, obwohl er sein Haus auf ihrem Grundstück gebaut hatte, hatte begonnen, über Schweinemast zu reden, sie schrie fast, sie kenne sich auch damit gut aus.

Die Schwester hatte Tim gefragt, ob er mit rauchen komme. Er war mit hoch gegangen. Vielleicht, weil die Zigarette noch besser war als Schweinemast und Butt, und Jo hatte unten gesessen und mit dem Schwiegervater ferngesehen. Tims schwerhörige Mutter hatte in der Zeit die Teller gespült.

Das gehörte zum Kreislauf ihres Alltags. Kochen, backen, essen, spülen. Ein bisschen Fernsehen, ein bisschen Sticken. Und all dies in der Abgeschiedenheit der Schwerhörigkeit. Sie mochte es so. Und dann das liebe Gesicht, wenn sie sagte: »Schön war's, dass ihr da wart. Kommt mal bald wieder und gut nach Haus.« Ihr Deutsch klang manchmal etwas falsch. Die Aussprache zudem unkontrolliert vom schlechten Gehör. Und immer gab sie etwas mit in Tüten, die dann hinten im Auto lagen. Orangen, Kartoffeln, Fliederbeersaft.

Aber das war wirklich schön.

Immer tiefer gingen Jo und Tim in den Wald hinein. Jo holte tief Luft, nahm all ihren Mut zusammen und sagte: »Ich möchte nicht mit zu deinen Eltern. Ich möchte hier bei der Amsel bleiben in der Dunkelheit oder in der Sonne.«
»Ich weiß«, sagte Tim und dann nach einer Pause: »Kommst du bitte trotzdem mit?«

»Ja«, sagte Jo. »Ja, mein kleines Kuckucksei, ich komme mit zu deiner Familie.«

Als sie zum Waldrand zurückkamen, war das rote Auto nicht mehr da. Jo und Tim bemerkten es nicht. Sie gingen Hand in Hand, im Gleichschritt, die zerfurchte Spur durchs Feld zurück, stiegen in ihren Wagen und fuhren los. Niemand sprach. Über ihnen keine Wolken.

Nur die Amsel flog hoch oben im Sonnenlicht und begleitete sie ein Stück ihres Weges.

ch bin in einem weißen Dreizim-
merbungalow mit rotem Ziegel-
lach aufgewachsen, in Bindura,
knapp achtzig Kilometer weit weg

Strich im Sand

TENDAI HUCHU

Ich bin in einem weißen Dreizimmerbungalow mit rotem Ziegeldach aufgewachsen, in Bindura, knapp achtzig Kilometer weit weg von der auch als Harare bezeichneten Zivilisation. Er war einer von vielen Bungalows der Bindura Nickel Corporation, jenes Bergbau- und Raffinerieriesen, für den mein Vater an sechs Tagen der Woche zwölf Stunden täglich arbeitete, um das Metall für die großen Verarbeitungszentren der Welt zu fördern. Bindura war und ist bis heute eine Kleinstadt, deren Geschicke von jeher von den Launen der in entlegenen Metropolen gelenkten globalen Märkte abhängen.

Unser Rasen war während der Regenzeit saftig grün und außerhalb der Saison gelblich braun. Wir liefen barfuß, traten uns die Dornen der Akazienbäume und Bougainvilleen in unserem Hof in die Füße. In den 1980ern stand um das Grundstück herum ein niedriger Maschendrahtzaun, der mehr als Abgrenzung diente denn als wirksamer Schutz gegen jedwede Art von Eindringlingen. Jedes Grundstück hatte außerdem einen kleinen Seiteneingang, durch den man auf die Nachbargrundstücke gelangte, so dass wir Kinder gut drei Morgen Tummelplatz zur Verfügung hatten.

Wenn ich die Augen schließe, schmecke ich noch heute das Obst, das in unserem Hof wuchs, biologisch angebaut, Mangos, Jujuben, Guaven, Mazhanje echirungu (wilde Mispeln), Pfirsiche, Orangen, Zitronen und Papayas, nach denen der ganze Hof duftete, wenn sie vom Baum fielen und auf dem Rasen verfaulten. Wir teilten unser Obst mit den Nachbarn, und sie teilten ihres mit uns. Eine Art Auenland also, von Sauron und seinen dunklen Mächten komplett auf den Kopf gestellt. So war das eben.

Mitte der 1990er haben Nachbarn mit Glasscherben oder Klingendraht bewehrte Betonwände hochgezogen. An Elektrozäunen hing die deutliche Warnung: »GEFAHR / SKELEMU/HOKOYO« – meist zusätzlich mit einer Piratenflagge drauf, sicherheitshalber. Uns Kindern wurden neue Grenzen gesetzt; wir lernten schnell, mein ist mein, und dein ist dein.

Sichtbare Barrieren lassen sich leicht erklimmen, Kluften sich ohne Mühe überbrücken. Tückischer sind die unsichtbaren Grenzen im Kopf, die niemand wahrnimmt. Wie die von der Quantentheorie postulierten schwarzen Löcher, die man am besten aufspürt, indem man nach ihren Auswirkungen sucht, sie indirekt sichtbar macht.

Sperren in unseren Köpfen errichten unsere Eltern, Lehrer, Verwandten und die Gesellschaft, während wir jung sind, wir selbst verstärken sie mit den Jahren, bis das Schmiedeeisen eines Tages zu Stahl wird, gehärtet, vergütet, und schließlich aus Wörtern, Kränkungen, Vorurteilen, kleinen Lieblosigkeiten die Gitterstäbe des Käfigs geworden sind, der uns gefangen hält.

>> Fast forward ins Jahr 2003/4, der Junge aus Bindura – Ihr geneigter Erzähler – sitzt in einem Wohnschlafzimmer in Reading. Durchs Fenster schaut er auf die Basingstoke Road,

eine belebte Durchgangsstraße, die auf die A340 führt. Busse rumpeln vorbei, und von seinem Einzelbett aus sieht er die Kneipe und den Reifenhandel auf der anderen Straßenseite. Er kennt niemanden in dieser Stadt, und sein Leben dreht sich um seine Arbeit und dieses Wohnschlafzimmer, das er nicht sein Zuhause zu nennen wagt.

Es gibt Gründe dafür, dass er hier ist.

Eccles in der legendären BBC-Produktion *The Last Goon Show of All* hat die einfachste Antwort: »Jeder muss irgendwo sein!«

So einfach ist das. Wenn er nicht hier wäre, wäre er irgendwo anders, wäre er jemand anders.

Der Junge schlägt sich mit diversen Gelegenheitsjobs durch, als Pfleger in einem Krankenhaus, als Reinigungskraft, Postsortierer, Müllmann, in der Müllverwertung, als Fabrikarbeiter, er übt alle Arten von Tätigkeiten der Kategorie C2-D – für Facharbeiter oder angelernte Arbeiter – aus, für die ein schlagendes Herz und vier funktionsfähige Gliedmaßen, vorzugsweise auch ein bis zwei Daumen zum Greifen erforderlich sind.

Ein nicht unerheblicher Teil seines Einkommens fließt in nagelneue Taschenbücher von Waterstone's im Stadtzentrum. Er riecht gern frische Druckerschwärze auf glattem, weißem Papier. Vielleicht würde er weniger Geld in Romanen anlegen, wenn er wüsste, dass sie in Läden für gemeinnützige Zwecke oder bei Amazon (Dem Großen Satan) billiger sind.

Isoliert, einsam, deprimiert, verstört, bildet sich der Junge mit Hilfe dieses Buchladens. Er hat unbändigen Hunger, vermutet, dass irgendwo in seinem Leben mehr sein muss, unbeantwortete Fragen, denen man mit intellektueller Strenge und Disziplin auf den Grund gehen kann.

Er trifft auf den Existenzialismus. Liest:
Dostojewski
Nietzsche
Sartre
Heidegger
Camus

Keiner dieser großartigen Köpfe liefert die Antwort. Stattdessen führt jeder zu einem weiteren, der wiederum zu anderen und so fort, bis klar wird, diese Männer sind in Overalls, Masken und Gummistiefeln in die grauen Abwasserkanäle unter den Straßen ihrer Städte hinabgetaucht, in die dunklen Tunnel, und haben dort tonnenweise Schlick durchsiebt, auf der Suche nach dem, was auch der Junge sucht.

Diese Männer machen ihm klar – ER IST NICHT ALLEIN.

>> Fast forward ins Jahr 2009 – gegen Weihnachten. Jahre der Zurückweisung und Entmutigung lagen hinter ihm. Unser Held, Tendai Huchu, qualifizierte sich in Schottland zum Podologen. Er war ziemlich kompetent in seinem Beruf, obwohl die Jahre an der Uni vorbeigeflogen waren wie eine im Rauschzustand verschwimmende Folge von Nächten in Klubs, Alkohol, Frauen und verbotenen Substanzen ungewissen Ursprungs. Trotz allem kam am Ende ein halbwegs funktionierendes Mitglied der Gesellschaft dabei heraus, ein Steuerzahler.

Spätnachts hegte Huchu nach wie vor den Traum vom literarischen Leben.

Seine frühen Manuskripte, Stücke, die er für Zeugnisse großartigen Genies hielt, waren überall abgelehnt worden. Jedes Kilo Ehrgeiz wurde weit überwogen vom Zweifachen an mangelndem technischem Können und Schlampigkeit.

Wäre er ein empfindlicherer Typ gewesen, hätte er die Flinte längst ins Korn geworfen, und der Welt wären die Grotesken, die folgen sollten, erspart geblieben.

Doch er wollte nicht aufhören, konnte nicht aufhören.

Sein Wunsch und sein Bedürfnis zu schreiben, waren so stark wie der Impuls, der den Hund dazu drängt, an Laternenpfähle zu pinkeln. Selbst wenn seine Arbeit keine Abnehmer fände, würde er weiter schreiben. Vielleicht hatte er nach der Lektüre der Werke Kafkas grandios von posthumer Publikation geträumt. Wer mochte das wissen? Vielleicht fand er Trost und Erlösung schon darin, dass er zum Stift griff und auf einem Blatt Papier oder mit den Fingern auf einer Tastatur zum Schreiben ansetzte.

Innerhalb von zwei Wochen schrieb er die Rohfassung des Romans *Der Friseur von Harare*.

>> Irgendwann im Jahr 2011 erwarb der deutsche Peter Hammer Verlag, von dem ich nie zuvor gehört hatte, die Rechte an meinem Roman.

Ich wusste ein paar Dinge über Deutsche – mein Cousin war mit einer verheiratet. Sie bauten gute Autos, tranken viel Bier, hatten keinen Humor, waren die Hauptschurken in so manchem Hollywoodstreifen und gewannen von Zeit zu Zeit die Fußballweltmeisterschaft, sehr zum Ärger ihrer englischen Cousins. Als gebürtiger Simbabwer sah ich in jedem, der den Briten auf den Sack ging, meinen Verbündeten. Alles andere war mir im Grunde scheißegal.

Meine allererste Lesung überhaupt fand in einem kleinen Buchladen in Berlin statt. Er hieß Dante Connection und hatte sich auf afrikanische und italienische Bücher spezialisiert. Zudem gab es Musik von Virginia Mukwesha, der Tochter von Stella Chiweshe, einer der größten zeitgenössischen Mbira-Spielerinnen Simbabwes. Mit Virginia auf der Bühne standen ihr Mann und ihr Sohn, drei Musikergenerationen, was für mich nicht nur eine Ehre war, sondern ein glänzendes Beispiel für die Weitergabe von Kunst über Generationen hinweg. Waren die Leute meinetwegen gekommen oder um der Musik willen?, frage ich mich manchmal. Von Kollegen hatte ich, offen gestanden, schon so viele Horrorgeschichten über schlecht besuchte Lesungen gehört, dass ich mich gern der Illusion des vollen Hauses hingebe, ganz gleich, aus welchen Gründen die Leute gekommen waren.

Im Publikum saß der bekannte Performance-Poet Chirikure Chirikure, ebenfalls aus Simbabwe, mit dem ich anschließend die Ehre hatte zu versacken. Aber das ist eine ganz andere Geschichte.

Die Lesung lief gut; das Publikum war bis zum Schluss konzentriert dabei. Die Leute haben meine nervösen Witze verstanden, das Geplänkel zwischen dem Moderator und mir. Sogar ein Journalist von der FAZ war dort und hat später wohlwollend über die Lesung berichtet. Mir wurde plötzlich klar, dass all meine stereotypen Vorstellungen falsch waren, die Deutschen hatten Humor, sie waren nicht die mörderischen Roboter aus *Terminator 2*, wie man mich von klein auf hatte glauben machen wollen. (Ja, ich weiß, Arnie ist Österreicher, aber erwarten Sie wirklich, dass ich statt seiner Boris Becker ins Feld führe?)

>> Fast forward in die Gegenwart: Ich hab ganz Deutschland bereist. Hab reizvolle und reizlose Städte gesehen, sexy und unsexy. München, Augsburg, Heidelberg, Hamburg, Bayreuth. In Cologne wäre ich beinahe nicht ausgestiegen, weil auf dem Bahnhofsschild Köln stand!

Ich hab Bier getrunken und die verdammten Würstchen gegessen.

Ich hab mich in das Land verliebt. Die Architektur und die sauberen Straßen suchen ihresgleichen. Manchmal sage ich »*genau*«, um meine Sätze zu unterstreichen. Ich bin für die Unabhängigkeit Bayerns *(Haftungsausschluss: Ich weiß zwar nicht bis ins kleinste Detail Bescheid, aber ein großer Typ mit einem komischen Hut auf dem Kopf hat mir im Gegenzug ein Glas Weißbier spendiert)*. Und wenn's die Leute sind, die ein Land ausmachen, hab ich ein paar ziemlich krasse Deutsche aller Rassen und Herkünfte getroffen, als ich dort war. Weil der Peter Hammer Verlag auch meinen zweiten Roman, *Maestro, Magistrat & Mathematiker*, verlegen wird, hoffe ich, dass ich zu meinen Lebzeiten noch mal nach Deutschland kommen kann. Ich liebe das Land.

+ Nach allen Wanderungen durch die Weltgeschichte, nach dem Glitzer, den Reisen, den Plaudereien und so weiter kehrt der Literat genau an den Ort zurück, an dem er viele Jahre zuvor die Reise zur Literatur angetreten hat. Vielleicht ist er nach wie vor in seiner Mansarde, vielleicht hat er auch genug verdient, um sich eine kleine Bleibe am Stadtrand zu leisten. Sein Werk mag sich gut verkauft haben, oder aber nur ein Dutzend Exemplare ging über den Ladentisch, und der Rest wurde verramscht. Wie dem auch sei. Wenn die Scheinwerfer ausgehen und der Lärm sich legt, graust ihm wieder vor dem leeren Blatt und dem blinkenden Cursor _

Aus dem Englischen von Jutta Himmelreich

Noël blinzelte, sei
gen noch verklebt
Schlaf. Er kratzte s
Kopf, der unerträg
juckte, rubbelte ve
felt, bis die Kruste

Noël oder der Traum von Iburayi

HANNA JANSEN

Noël blinzelte, seine Augen noch verklebt vom Schlaf. Er kratzte sich am Kopf, der unerträglich juckte, rubbelte verzweifelt, bis die Kruste aufbrach und warmes Blut an seinen Fingern klebte. Falanga! Mit münzengroßen feuerroten Flecken fängt es an, frisst sich in die Kopfhaut und breitet sich dort aus, bis nichts mehr von ihr übrig bleibt. Heute sollte er zum Friseur gehen und sich kahl scheren lassen. Nach der Schule in der Mittagspause. Doch Madame Désirée, die Lehrerin, würde ihn ohnehin sofort nach Hause schicken, weil sein Haar viel zu lang war.

Er würde nicht hingehen! Nicht zum Friseur, der mit seinem Rasiermesser gnadenlos die Wunden aufriss, und auch nicht zur Schule. Seit mehr als einer Woche war er nicht mehr da gewesen. Wozu? Er wurde sowieso nur ausgelacht oder kriegte Ärger, weil er sich nichts merken konnte. Und zur Strafe für sein Fehlen würde er in der ersten Stunde auf den Zacken umgedrehter Flaschendeckel knien müssen. Vielleicht sogar draußen auf dem Schulhof vor allen Lehrern, Schülern und der Direktorin, die, unter der Flagge versammelt, Ruandas Nationalhymne sangen. Oder Madame

Désirée würde sich den Rohrstock bringen lassen und im Rhythmus ihrer kurzen harten Schläge »Wer-hat-dich-er-zogen?« schreien. Dabei hatte sie Noëls Eltern doch gekannt! – Beim letzten Mal hatte es geblutet, und noch immer spürte er die Narben.

Vorsichtig, um Nyogoku nicht zu wecken, rutschte er ein Stück zur Seite und rieb sich die Augen. Die Großmutter atmete rasselnd. Ihr Igitenge, das große Wickeltuch, das sie immer trug, verströmte einen warmen, säuerlichen Dunst. Sie lag da mit dem Kopf in der Armbeuge, das Becken gekrümmt zu einem rechten Winkel. Seit ein Gewehrkolben sie getroffen hatte, konnte sie nicht mehr aufrecht gehen. Noël ahnte den Umriss ihres Körpers nur, im Zimmer war es völlig dunkel. Auch bei Tageslicht. Nach dem großen Morden vor sechs Jahren hatte niemand mehr das kleine Fenster aufgemacht. Außen war die Scheibe lehmverkrustet, und innen hing ein Igitenge davor. Wenn Besuch kam, wurde eine Lampe angezündet, sonst genügten Kerzen.

Er hörte Mireilles Plastikschlappen über den harten Lehmboden im Flur klatschen. Wie jeden Morgen war sie auf dem Weg zum Innenhof, wo sie kurz vor sechs das Frühstück machte. Tee und Amasakabrei. Gleich würde sie erscheinen und Noël aus dem Bett jagen. Pünktlich um halb sieben sollte er sich auf den Weg zur Schule machen. Mit Petit, ihrem Sohn. Petit war sechs, vier Jahre jünger als Noël. Mireille hatte ihn kurz nach dem Krieg bekommen, nicht mal sechzehn war sie da gewesen. Als Noël die Großmutter einmal gefragt hatte, wer Petits Vater sei, hatte sie, mit der Zungenspitze schnalzend, den Kopf gewiegt, wie immer, wenn ihr etwas ganz und gar missfiel. »Der Krieg ist sein Vater …«, hatte sie schließlich erklärt. Und danach geschwiegen. Sie duldete Mireille in ihrem Haus, doch sie misstraute ihr, beschimpfte sie als Schlampe, wenn sie abends zu den Männern ging.

Zögernd richtete Noël sich auf. Im Zimmer war es kalt, und am liebsten wäre er zurückgekrochen in die Wärme der großen Wolldecke, die er mit Nyogoku teilte. Doch heute wollte er schon fertig angezogen sein, bevor Mireille schlecht gelaunt den Kopf ins Zimmer steckte. Damit sie gar nicht erst auf die Idee kam, ihn zur Schule zu begleiten. Entschlossen sprang er auf, stieg in die kurze Hose seiner Schuluniform, die er am Vortag auf Nyogokus alten Schrankkoffer geworfen hatte, und zog das Hemd vorsichtig über den wunden Kopf. Dann nahm er seinen Ranzen, wo unter einem Haufen Hefte seine Fußballschuhe steckten, und ging hinaus in den Hof.

Über die Feuerstelle am Boden gebeugt, kehrte Mireille ihm ihren breiten Hintern zu. Petit kauerte neben ihr und schlürfte heißen Amasakabrei. Die dicke helle Flüssigkeit rann ihm über Kinn und Hals.

»Morgen«, nuschelte Noël und riss den Mund zu einem Gähnen auf. Betont langsam drehte Mireille sich zu ihm um. »Hast du's endlich geschafft, dich aus Nyogokus Armen zu befreien?«, bemerkte sie spitz. »So ein großer Junge, und schläft noch nicht im eigenen Bett!«

»Und wo hast du geschlafen?«, lag ihm auf der Zunge, doch er würgte es hinunter, um keinen Streit loszubrechen.

Nach dem Frühstück wollte er so schnell wie möglich zu Silvan und mit ihm zum Isoko, dem großen Markt in der Innenstadt, wo man alles, wirklich alles kaufen konnte. Achselzuckend häufte er Amasakabrei und reichlich Zucker in die Frühstücksschale. Mireilles grimmigen Blick auf den Zuckerberg ignorierte er. Solange Nyogoku in der Nähe war, konnte er sich das erlauben. Ein Husten drang aus ihrem

Zimmer, gleich darauf ein erboster Ruf. »Mein Geld! Wer hat schon wieder mein Geld gestohlen?«

Noël sah sie vor sich: Wie sie unter den Schichten ihres Igitenge fieberhaft herumfummelte, um zu dem einen, uralten vorzudringen, in dem sie ihr Geld versteckte. Das nie gewaschen wurde und kaum noch Farbe hatte. Wenig später kroch sie auf allen vieren in den Hof. In der Eile hatte sie ihren Stock zurückgelassen, ohne den sie sich nicht auf den Beinen halten konnte. Mühsam zog sie sich an der Mauer hoch. »Mireille«, fragte sie in gefährlich sanftem Ton, »du hast wohl nicht zufällig mein Geld gesehen?« Mireille fuhr herum. »Welches Geld?«, fauchte sie.

»Irgendwer hat wieder mein Geld genommen, während ich geschlafen habe.« Herausfordernd hob sie das Kinn und spuckte einen Rest Kautabak vor Mireilles Füße.

Mireilles Nasenflügel bebten. »Du bist ja krank im Kopf!«, kreischte sie. »Alles mache ich für dich, wirklich alles! Wenn ich nicht wäre, wärst du längst tot!« Sie holte Luft. »Mir reicht's, ich pack meine Sachen und zieh aus!«, stieß sie hervor und stampfte in ihr Zimmer. Petit rannte hinterher. Noël hörte, wie Mireille drinnen wühlte, fluchte. Hin und wieder knallte etwas auf den Boden. Ungerührt löffelte er den Amasakabrei in sich hinein. Es war nicht das erste Mal, dass sie ihre Sachen packte.

Nyogoku saß im Schneidersitz auf dem Boden, ihre langen Finger zum Gebet verschränkt. »Oh, Seromba, Herr über fünfzig Kühe, hilf mir! Womit hab ich das verdient?« Sie betete zu ihrem toten Vater. Nicht zu Gott, diesem Versager. Wo war der gewesen, als es darauf ankam? Dem Teufel hatte er freie Hand gelassen! Er und seine Kirche konnten ihr gestohlen bleiben.

Drinnen fing Mireille an, laut zu schluchzen. Nyogokus

Hände fuhren durch die Luft, als wollte sie etwas verscheuchen.

Noël hasste solche Szenen. Manchmal fehlte wirklich Geld, und er hatte den Verdacht, dass Mireille es nahm, weil Nyogoku ihr zu wenig für den Haushalt gab. Oder weil sie etwas brauchte, um sich abends, wenn sie ausging, schön zu machen. Häufig aber hatte Nyogoku selbst das Geld irgendwo versteckt und nur vergessen, wo es war.

»Ich seh noch mal nach«, sagte er und ging zurück ins Haus. Als Erstes durchsuchte er den Koffer, wo sie ihre Kostbarkeiten aufbewahrte: ihr Festtagsigitenge mit den dazugehörenden Sandalen – sonst lief sie immer barfuß – und zahlreiche Kopftücher. Sogar ihren Zucker, damit Mireille ihn nicht in die Finger bekam. Noël hob die Tücher einzeln hoch, konnte aber nichts zwischen ihnen finden. Tastend schob er beide Hände in das Seitenfach des Koffers. Es war leer. Jetzt blieben nur noch zwei Verstecke: Das Loch im Boden der Matratze oder das in der Lehmwand, wo die Mäuse nisteten. Zu träge, die Matratze hochzuheben, entschied er sich für das Mauseloch und hatte Glück. Seine Fingerspitzen stießen auf eine kleine, feste Rolle.

»Hier!«, rief er, als er wieder in den Hof trat, wo die ersten Sonnenstrahlen auf die ockergelben Mauern fielen. Er hielt die Frankenscheine hoch. »Es ist doch da!«

Nyogoku nahm die Rolle und zog ein paar Scheine heraus. »Du gehst heute zum Friseur, mein Kind!«, befahl sie. »Wir müssen etwas gegen deine Wunden tun.«

Beim Gedanken an ihre selbst gebrauten Tinkturen, die so höllisch auf der Kopfhaut brannten, dass man davon heulen musste, wurde ihm ganz anders. Er beschloss, erst sehr spät zurückzukommen, wenn sie schlief. »Danke!«, sagte er und stopfte das Geld in die Hosentasche. Bevor Petit

aus dem Zimmer kommen und sich an seine Fersen heften konnte, griff er den Ranzen und rannte aus dem Haus.
Auf der leicht ansteigenden Straße, die zwischen wenigen Häusern zur Hauptstraße und dann zum Zentrum führte, blieb er stehen und kniff die Augen zu, weil das Sonnenlicht ihn blendete. Als er sie wieder öffnete, sah er gegenüber auf der anderen Straßenseite Silvans Arm lässig aus dem Seitenfenster des weißen Daihatsu winken. Das alte Auto stand vor dem Haus, in dem Silvans Familie wohnte. Fahren konnte man damit nicht mehr, doch es war noch ganz. Silvans Vater – eigentlich sein Onkel – besaß sechs solcher Autowracks. Er schlachtete sie aus und verkaufte die Einzelteile. Aus dem Blech, das übrig blieb, fertigte er Töpfe, Pfannen und Bestecke an. Der Daihatsu war Silvans und Noëls Lieblingsauto. Oft schlossen sie sich darin ein, übten lenken, schalten, bremsen. Hier konnten sie ungestört über alles reden. Der Wagen hatte keine Ohren, die sie hören, keinen Mund, der sie verraten konnte.

»Zehn zu null für APL!«, grölte Silvan und steckte seinen Kopf durch die Fensteröffnung. Noël gab ihm ein Zeichen, dass er nicht so laut sein sollte, und warf verstohlen einen Blick zurück. Womöglich war Petit schon aus dem Haus und kriegte mit, dass sie nicht zur Schule wollten. Dann hätten sie ihn den ganzen Tag am Hals!

Silvan sprang aus dem Auto. Gerade mal bis zur Schulter reichte er Noël, doch er hatte ihn schon aus mancher Prügelei herausgehauen. Noël, im letzten Jahr stark in die Höhe geschossen, war lang und dünn wie eine Bambusstange.

»Wohin? Zum Stadion oder zum Isoko? Wir können uns ein Auto mieten, ich hab gestern was verdient.« Silvan wedelte mit einem Bündel Franken.

»Dann zuerst zum Stadion!« Noëls Hand fuhr in die Hosentasche und schloss sich um das Geld für den Friseur. Er hatte vorgehabt, es unbemerkt zurückzulegen, jetzt aber sah die Sache anders aus. Es war noch früh. Vielleicht konnten sie ja eins der neueren Autos haben und durften damit sogar raus auf die Straße. Sie fuhren gut genug, fand er.

Wie jeden Morgen herrschte reges Treiben. Männer, unterwegs zur Arbeit oder am Getränkekiosk, schon das erste Bier in der Hand. Frauen, Lasten auf den Köpfen balancierend. Kinder, die Kanister voll mit Wasser schleppten. Es war Freitag, Putztag in der Schule. Ein Grund mehr, nicht hinzugehen. Beiderseits der Straße reihten sich lückenlos Stände oder Buden. Als sie den Friseur passierten, fasste Noël sich unwillkürlich an den Kopf.

»Heute machen wir die anderen fertig!«, brüllte er, den Straßenlärm übertönend. Autos rasten hupend an ihnen vorbei. Silvan machte einen Satz zur Seite, als ein grüner Pickup ihn fast streifte. Beinah täglich wurden hier Kinder überfahren.

Der Länge nach ausgestreckt und so nah beieinander, dass sie sich berührten, lagen Noël, Silvan und Jérome auf dem Rasen hinter dem großen Haus, wo Jéromes Verwandte wohnten. Finsternis hatte sich rundherum ausgebreitet, doch am Sternenhimmel hing der Mond wie eine riesige, leuchtende Banane. Hin und wieder glühte auch Jéromes Zigarette auf.

»Heute hätten wir sie schlagen müssen!«, knurrte er, nahm einen tiefen Zug und stieß den Rauch in die kühle Luft. Noël schwieg beschämt, weil er wusste, dass er schuld an ihrer Niederlage war. Was nützten einem teure Fußballschuhe, wenn man viel zu lange Beine hatte!

»In Iburayi würde ich mich kleiner machen lassen«, sagte er, in die Sterne starrend.

Iburayi, Europa. Ihr Zauberwort! Es stand da oben, als hätte es einer für sie hingeschrieben.

»Ich würde Fußballprofi werden«, nahm Silvan den Faden auf.

»Und ich ein Geschäft eröffnen«, erklärte Jérome. »Schuhe oder Fernseher.«

Den Traum von Iburayi, von einer Welt im Überfluss, wo jeder reich und wunschlos glücklich werden konnte, teilten sie ebenso wie die Erinnerung an den Schmerz und das Grauen. Obwohl sie nie darüber sprachen, kannte jeder die Vergangenheit des anderen wie die eigene. Es machte sie zu eltern- und geschwisterlosen Brüdern. Noëls Vater war im Innenhof begraben, nicht weit entfernt von der Feuerstelle. Seine Mutter und die beiden Schwestern an irgendeinem unbekannten Ort, wo ihre Mörder sie zurückgelassen hatten.

Der Traum von Iburayi trug die Jungen fort in eine bessere Welt, er schmeckte wie die Süßigkeiten, die Jéromes Cousin manchmal von dort schickte.

Noël sah Bilder vor sich, die er aus Videos kannte: endlose Häuserreihen in den großen Städten. Inmitten grüner Gärten weiße Villen, eine prächtiger als die andere, und jede Menge Luxusautos! Teure Markenschuhe an den Füßen der Bazungus, die durch die Straßen eilten. Die Weißen waren immer sehr beschäftigt, hatten keine Zeit …

Plötzlich hörte er Schritte, die sich hastig näherten, Schritte, deren Rhythmus er sofort erkannte, und schon stand Mireille neben ihm. Sie keuchte, offenbar war sie gerannt, packte wortlos seine Hand und riss ihn hoch. Er versuchte gar nicht erst, sich zu wehren. Ohne Abschiedsgruß an seine Freunde stolperte er hinter ihr her. Es war klar, was ihm bevorstand. Das, was er »gerechte Strafe« nannte. Nyogoku würde ihm zwar verzeihen, dass er das Friseurgeld ausgegeben hatte, nicht aber, dass er abends wieder weggeblieben war. Wenn er vor Einbruch der Dunkelheit nicht nach Hause kam, stand sie jedes Mal Todesängste um ihn aus: Man könnte ihn vergiften, ihn erschlagen, einfach niedermetzeln wie die anderen. Die Mörder waren überall. Immer noch. Manchmal war sie so erzürnt, dass sie Mireille befahl, ihn zu verprügeln, und Mireille nutzte die Gelegenheit, ihrem aufgestauten Ärger Luft zu machen. Mit einem Kabel schlug sie wild auf ihn ein, bis Nyogoku schrie und weinte, sie beschwor, ihr Kind, das einzige, das ihr noch geblieben war, nicht auch noch umzubringen.

»Du hast Glück!«, zischte Mireille, als sie fast zu Hause waren. »Wirklich, ein verdammtes Glück hast du!« Während er sich noch über ihre Worte wunderte, fiel ihm auf, dass alles anders war als sonst. In Nyogokus Höhle brannte die Petroleumlampe. Und sie selbst, auf ihren Stock gestützt, stand im Hofeingang. Ihr Mund, dem alle Zähne fehlten, hatte sich zu einem breiten Lachen geöffnet, wie Noël es selten an ihr sah. Hinter ihr erschien Maman Paul, die Nachbarin, die gewöhnlich alles für sie regelte. Paul, ihr Ältester, studierte in Europa. Er hatte es geschafft!

»Es ist so weit, mein Kind!«, strahlte Nyogoku. »Maman Paul hat endlich die Papiere. Du fliegst nach Iburayi, nächste Woche schon.«

Ihre Worte trafen ihn so unvermittelt, dass er nicht wusste, was er denken, fühlen oder sagen sollte. Eben noch hatte er davon geträumt, nur geträumt … und jetzt … er konnte es nicht glauben!

Nachdem Maman Paul gegangen war, redeten und planten sie bis tief in die Nacht hinein. Die Reise musste in den nächsten Tagen vorbereitet werden. Noël brauchte eine warme Jacke, in Europa würde bald der Winter kommen. Keinen Koffer, der fiel auf. Nur eine Tasche voll mit Kochbananen und Bananenbier. Für Gilbert und Angélique, bei denen er vorerst wohnen konnte. – Niemand durfte es erfahren, vor allem nicht, dass es eine Reise ohne Rückkehr war. Es gab zu viele Neider, und wer weiß, wozu sie fähig waren.

Wie üblich, wenn einmal alles gut zwischen ihnen war, holten Mireille und Petit ihre Schlafmatratze, um für diese Nacht in Nyogokus Zimmer einzuziehen. Noch sehr lange redeten und lachten sie, teilten Noëls unfassbares Glück. Als es endlich still geworden war, lag er hellwach in der Dunkelheit und grinste vor sich hin. Der Traum von Iburayi würde in Erfüllung gehen, und ausgerechnet er, Noël, würde vor den anderen dort sein. Es war auch Nyogokus Traum. Mehr als alles andere auf der Welt wollte sie Noël versorgt und behütet wissen, bevor der Tod an ihrem Bett erschien. Immer wieder hatte sie davon gesprochen. Und von Gilbert, einem Onkel, der in Deutschland lebte. Noël streckte seine Hand aus, legte sie auf die Krümmung ihres Rückens. Nur Haut und Knochen fühlte er durch die Tücher. Warm und sehr vertraut. Sanft begann er sie zu streicheln, als wollte er ganz sichergehen, dass seine Hand sich später noch erinnern könnte.

Bei Tagesanbruch senkte sich der Flieger langsam über Brüssel. Der Sog nach unten ging Noël mitten durch den Bauch. Während des gesamten Flugs hatte er kein Auge zugetan. Nicht aus Angst vor dem Unwetter, das die Maschine eine Zeit lang heftig durchgerüttelt hatte – was war das schon im Vergleich zu dem, was er mit angesehen hatte? Eine fieberhafte Spannung hatte ihn die ganze Nacht wach gehalten, die Freude auf das Paradies, das vor ihm lag. Und das letzte Bild von Nyogoku. In ihrem Festtagsigitenge auf der kleinen Mauer sitzend, hatte sie ihm nachgewinkt. Tränen waren über ihr Gesicht gelaufen. Tränen der Erleichterung.

Auch das fremde Mädchen Katherine neben ihm war wach geblieben. Sie trug wie er ein Band um den Hals mit einem Schild, auf dem ihr Name stand. Dazu die Anschrift einer Tante, die in Frankreich lebte. Zwei Kinder auf dem Weg in ein neues Leben. Nur sie beide wussten es, niemand sonst in der Maschine. Während der Minuten bis zum Abflug hatten sie einander alles Wichtige gesagt und danach geschwiegen. Jetzt starrten sie aus dem Fenster, auf die dichte graue Wolkendecke. Katherine presste beide Hände auf die Ohren. Endlich stieß der Flieger durch die Wolken, senkte sich im Morgengrauen auf ein Lichtermeer.

Katherines Tante fiel Noël sofort ins Auge, als sie sich dem Absperrgitter in der Wartehalle näherten. Sie war Afrikanerin, alle anderen Wartenden Bazungus. Zwei kleine Kinder standen neben ihr, ein Junge und ein Mädchen. Als auch Katherine sie entdeckte, begann sie aufgeregt zu winken. Der Junge drückte seinen Kopf an das Bein der Frau, das Mädchen hüpfte auf und ab. – Gilbert und Angélique hatten keine Kinder. Vergeblich suchte Noël unter den Gesichtern nach einem weiteren, das so dunkel war wie seins.

»Tu attends ici!« Die Stewardess, die sie begleitet hatte, legte ihm die Hand auf die Schulter und sprach französisch auf ihn ein. Er verstand sie nicht, doch ihr Ton schien zu versichern, dass sein Onkel schon noch kommen würde. Als er sich wenig später zwischen den Bazungus wiederfand, die einander zur Begrüßung in die Arme fielen, zog er, wie zum Schutz, den Kopf ein. Die Stewardess nahm Katherine an die Hand, um sie zur Tante zu begleiten. Das Mädchen drehte sich noch einmal um. »Mach's gut!«, rief sie. Er sah, wie sie und ihre Tante sich umarmten, kleine Küsschen tauschten. Die Tasche mit dem Bier und den Kochbananen hing zentnerschwer an seinem Arm.

Kurz darauf kam die Stewardess zurück. »On va appeller ton oncle!«, sagte sie sehr laut und langsam und hielt sich dabei ein unsichtbares Telefon ans Ohr. Alles kein Problem!, sollte das vielleicht bedeuten, doch sie konnte nicht verbergen, wie nervös sie war. Zum wiederholten Mal schaute sie auf die Uhr.

Drei Stunden später erschien Gilbert in dem kleinen Warteraum, wo sich die Stewardessen abgewechselt hatten, Noël mit Cola, Schokolade oder Keksen aufzumuntern. Gilbert war außer Atem, wirkte angespannt. Er trug eine braune Lederjacke und tatsächlich teure Markenschuhe. Noël registrierte es sofort. Gilbert wischte sich den Schweiß von der Stirn. »Ausgerechnet heute musste mein Auto in die Werkstatt«, sagte er mit ausdrucksloser Stimme. »Deshalb bin ich mit dem Zug gekommen.« An die Stewardess gewandt, wiederholte er es auf Französisch.

Sie nickte nur. Der Ärger stand ihr deutlich auf der Stirn. »Bonnes vacances, mon petit!«, sagte sie zu Noël. Ihre weiße Hand kam näher, strich ihm übers Haar. Obwohl er es nicht mochte, hielt er still. Gilbert stieß ihn in die Seite. »Sie wünscht dir schöne Ferien.«

»Merci«, murmelte Noël und überreichte seinem unbekannten Onkel die Tasche mit dem Bier und den Kochbananen. Heilfroh, sie endlich loszuwerden.

Noël stand am Fenster und blickte hinaus auf den großen Fluss. Breit und grau war er, und das Wasser floss ruhig und gleichmäßig dahin. Nur wenn ein Frachtschiff vorbeikam, geriet es stärker in Bewegung, warf Wellen auf. Noël zählte die Schiffe. Bisher waren es acht. Und fünf Fahrräder. Auch die zählte er, wenn sie am Ufer entlang durch seinen Blick fuhren. Ein Mädchen radelte vorbei. In roter Regenjacke und mit einem Ranzen auf dem Rücken. Ihr langes braunes Haar, vom Gegenwind erfasst, wehte hinter ihr wie eine Fahne. Noël sah ihr nach, bis sie verschwunden war.

Der Tag war grau und nass wie der Fluss. Und kalt, obwohl man es zum Glück im Haus nicht spürte. Bisher waren alle Tage so gewesen. Grau und nass und kalt und endlos lang. Gilbert und Angélique gingen früh aus dem Haus. Angélique kam nachmittags zurück, Gilbert erst am Abend. Noël blieb in der Wohnung, durfte nicht hinaus. Er hätte es auch nicht gewollt. Die neue Jacke war nicht warm genug. Und draußen hätte er sich nicht zurechtgefunden.

»Daran musst du dich gewöhnen«, hatte Angélique gesagt. »Im Winter wird es noch viel kälter!«

Sie war ganz anders als Mireille. Kühl, beherrscht und immer elegant gekleidet, weil sie eine Stelle bei der Botschaft hatte. Gilbert arbeitete mal hier, mal da. Häufig gab es Streit, wenn er nach Hause kam. Ständig hatte Angélique etwas an ihm auszusetzen. Doch auch die Art, wie sie sich zankten, war ganz anders, als Noël es kannte. Es gab kein Geschrei, und kein Schimpfwort fiel.

Noël glaubte nicht, dass Angélique ihn mochte. Manchmal nahm sie ihn zum Einkauf mit, aber unterwegs war sie mürrisch, redete kaum ein Wort. Und wenn sie ihn durch ihre Brille musterte, erinnerte sie ihn an Madame Désirée.

Auch Gilbert hatte ihn von Anfang an deutlich spüren lassen, dass er nur seine Pflicht erfüllte. »Es ist hier alles nicht so leicht, wie du denkst! Angélique und ich müssen arbeiten, wir haben keine Zeit, uns um dich zu kümmern. Und auch keinen Platz. Die Wohnung ist zu klein, das siehst du ja!« Noël sah es nicht. Die Wohnung kam ihm riesig vor, wenn er an Nyogokus Höhle dachte. Warum konnte er nicht weiter auf dem schwarzen Ledersofa schlafen?

Das Grau des Himmels löste sich in Regen auf. Erste Tropfen fielen auf die Scheibe, perlten langsam daran ab. Ein müder Regen war es im Vergleich zu dem, den er kannte. Der in der Regenzeit mit aller Wucht auf die Erde schlug und sie mit seinen Wassermassen überschwemmte. Noëls Fingerspitze zeichnete das Rinnsal eines Tropfens nach. Es ging ihm durch den Sinn, dass dieser Regen eine andere Farbe hatte. Es war die Art, wie es regnete. Weißer Regen eben. Und die Sonne? Nur ein paarmal, seit er hier war, hatte er sie zu Gesicht bekommen. Da war sie ihm genauso blass erschienen wie die Bazungus. Er fragte sich, ob auch er allmählich blasser werden würde, wenn er für immer in Europa blieb. Für immer?

Er dachte an Silvan, der jetzt seine Fußballschuhe hatte, sah ihn aus dem Fenster des Daihatsu winken. In Iburayi ist alles anders, rief er ihm in Gedanken zu. Ganz anders, als du glaubst!

Er wandte sich vom Fenster ab und ging zurück zum Sofa. Schlafen wollte er. Ohne einen dieser schlimmen Träume, die ihn beinah jede Nacht verfolgten. Unruhig rutschte er hin und her, zog sich die Decke über das Gesicht, doch im selben Augenblick hörte er das Drehgeräusch des Schlüssels in der Tür.

Kurz darauf stand Gilbert im Zimmer. Noch im Mantel! »Steh auf und dusch dich, und dann zieh dir etwas an!«, befahl er. »Ich bringe dich zu Leuten, die schon Kinder aus Ruanda haben. Da kannst du vielleicht bleiben … wenn du dich benimmst!«

Seit drei Wochen trug Noël Tag und Nacht eine Mütze.

Sogar beim Essen musste er sie aufbehalten, während alle anderen Ärger kriegten, wenn sie mit Baseballkappe auf dem Kopf am Tisch erschienen. Rot-grau geringelt war die Mütze, saß ganz eng. Er fand sie peinlich und beneidete die anderen um ihre Käppis. Die weiße Mutter der Familie hatte sie für ihn gekauft, damit die Salbe, die sie ihm zweimal täglich auf die Kopfhaut schmierte, besser einzog. Er schämte sich, wenn ihre Finger ihn berührten. Doch die Salbe half. Wie auch die Tabletten, die der Vater ihm gegeben hatte. Es hörte langsam auf zu jucken.

Gilbert hatte sich nicht mehr blicken lassen. Ab und zu rief er an, aber nur, um sich zu erkundigen, wie es lief. Und Noël jedes Mal einzuschärfen, dass er sich benehmen sollte. Es klang wie eine Drohung.

Noël gab sich Mühe, doch es fiel ihm schwer. Wenn er am Esstisch in der großen Runde hockte, hörte er die anderen durcheinanderschwatzen, lachen und verstand kein Wort. Oft glaubte er, sie lachten über ihn. In solchen Augenblicken hätte er schreien oder um sich schlagen können, doch er verzog keine Miene. Niemand sollte mitbekommen, wie es in ihm aussah. Auch die Eltern lachten viel und diskutierten mit den Kindern, als ob die schon erwachsen wären. Es verwirrte ihn, doch es gefiel ihm auch irgendwie. Er wusste nicht, wie er sich verhalten sollte. Durfte er wie die anderen »Mama«, »Papa« sagen? Musste er? Er drückte sich davor, sie anzusprechen. Sie waren nett. Auch streng. Manchmal schimpften sie, doch sie schlugen ihre Kinder nicht. Für alles gab es Regeln. Für alles eine festgelegte Zeit. Daran würde er sich nie gewöhnen können!

Angélique hatte recht behalten. Der Winter war gekommen und mit ihm eine Kälte, die Noël in alle Glieder fuhr.

Obwohl er jetzt genügend warme Sachen hatte, fing er sofort an zu zittern, wenn er draußen war. Er wartete auf Schnee. Schaute jeden Morgen nach, ob schon alles weiß geworden war. Jean und Jeanette, die Zwillinge, die noch ruandisch sprachen, hatten ihm vom Schnee erzählt. Wenn die anderen morgens im Dunkeln zur Schule fuhren, schaute er den Rücklichtern ihrer Räder nach. Sie konnten raus, trafen ihre Freunde, während er zu Hause Deutsch lernen musste. Mit einem Bilderbuch für kleine Kinder. Nie im Leben hätte er gedacht, dass er sich irgendwann einmal so nach der Schule sehnen würde!

Die Tage waren kurz, die Nächte lang, und nur selten zeigten sich am Himmel Sterne. Dafür hing die ganze Stadt jetzt voll davon. Überall strahlten Lichterketten. In den Bäumen, an den Häusern, in fast jedem Fenster gab es ein besonderes Licht. Die Bazungus waren wirklich unvorstellbar reich.

Weihnachten stand vor der Tür. Fête de Noël – das Fest, von dem er seinen Namen hatte.

In Afrika war es das Fest gewesen, an dem es ausnahmsweise Huhn zu essen gab. Drei Tage lang sogar. An dem Noël seine Füße gründlich waschen und einen Anzug mit Krawatte tragen musste. An dem Nyogoku ihr Festtagsigitenge anzog und sich stundenlang die Haare kämmte, damit sie sich auch ohne Kopftuch sehen lassen konnte. An dem Mireille nicht zu den Männern ging, sondern abends dablieb und kochte.

Hier jedoch war es das Fest der großen Wünsche und Geschenke. Die Straßen füllten sich mit schwer bepackten Leuten, in den Geschäften herrschte Hochbetrieb. Noël streifte manchmal durch die Läden, tat so, als ob er etwas kaufen wollte. Wie auf dem Isoko prüfte er, was angeboten wurde. Die Tresen und Regale quollen über. Seine Augen auch.

Die Tür zum großen gemeinsamen Zimmer war seit zwei Tagen geschlossen, abgesperrt mit einer quer gestellten Truhe. Niemand durfte hinein, jedenfalls die Jüngeren nicht, und vor allem nicht Noël. »Weil es für dich das erste Mal ist«, erklärte ihm Jeanette. »Das erste Weihnachten in Deutschland!«

Geheimnisvolles spielte sich hinter allen Türen ab, jeder schien irgendetwas für das Fest zu planen. Immer, wenn die Eltern nicht zu Hause waren, packten die Älteren ihre Instrumente aus, probten Lieder oder Stücke, um sie am Weihnachtsabend vorzuführen. Noël, angesteckt von ihrem Eifer, wollte sich beteiligen, doch Jean wies ihn zurück. »Du kannst kein Deutsch und spielst kein Instrument, das hat keinen Zweck.«

Noël rannte in sein Zimmer. Zum ersten Mal, seit er Afrika verlassen hatte, ließ er seinen Tränen freien Lauf. Jeanette, die später nach ihm sah, versuchte ihn zu trösten. »Nächstes Jahr machst du mit!«, versprach sie ihm. Er schüttelte den Kopf. Nächstes Jahr? Wer weiß, ob er dann überhaupt noch hier sein würde. »Also gut«, seufzte sie. »Dann denk dir eben etwas aus! Es muss ja nicht auf Deutsch sein. Wenn du willst, begleite ich dich auf dem Keyboard.«

Der Baum, schöner als alle, die Noël in der Stadt gesehen hatte, strahlte im Licht echter Kerzen. Darunter türmten sich Pakete in buntem Geschenkpapier.

Sonst waren alle Lichter ausgeschaltet. Die Familie saß um den großen Tisch versammelt. Aus der Küche roch es nach Braten.

Noël war als Letzter an der Reihe – die anderen hatten es schon hinter sich –, und Jeannette wartete am Keyboard. »Los! Was ist jetzt?«, drängte sie. Widerwillig stand er auf.

Was hatte er sich bloß gedacht? Keinen Ton konnte er von sich geben, seine Stimme steckte fest! Doch Jeanette fing einfach an zu spielen. Er gab sich einen Ruck, stellte sich neben sie ans Keyboard, und plötzlich kamen Worte über seine Lippen, wie von selbst:

Imana, urakoze cyane, kuba
waranzanye hano ...
Gott, ich danke dir, dass du mich
hierhergebracht hast!
Ariko ndibaza igituma ari
njyewe wahisemo?
Aber ich frage mich doch sehr,
warum ausgerechnet mich?
Abandi bose badusha ubwenge.
Andere, die bleiben mussten,
sind besser als ich, sind klüger.
Kera ntabwo nari gutekereza
kwita umuntu ntazi Mama cyangwa Papa.
Nie hätte ich gedacht, dass ich
noch einmal Mama oder Papa sagen würde.

Jetzt hatte er die beiden Worte ausgesprochen. Einfach so, er wusste nicht, warum. Unsicher blickte er in die Runde. Sah die Eltern lächeln. Die beiden Worte hatten sie verstanden.

Gleich nach dem Schlussakkord sprangen alle auf und stürzten sich auf die Pakete. Noël, noch wie benommen, blieb zurück. Sein Herz schlug unruhig gegen seine Rippen. Da legte sich die Hand des Vaters auf seinen Rücken und lenkte ihn mit sanftem Druck hinaus. »Komm! Dein Geschenk steht draußen vor der Tür.«

Als Noël es sah, war er so überwältigt, dass er sich nicht von der Stelle rührte. Dann aber konnte ihn nichts mehr halten!

Die Räder seines silberblauen Fahrrads flogen über den Asphalt. Er trat und trat in die Pedale, spürte keine Kälte, keine Angst, die Brust zum Platzen voll mit Freude. Aus vielen Fenstern leuchteten die Lichter an den Weihnachtsbäumen, doch sein Blick streifte sie nur flüchtig. Denn in diesem Augenblick zählte nur das eine Licht: der Kegel seiner Fahrradlampe, der – ihm voraus – seinen Weg erhellte.

saß auf seinem Bett im Hotel
Zoo, mit nacktem Oberkör-
r, und schrieb eine Widmung
sein jüngstes Buch

Gesang und Tanz im verrückten Berlin

MEJA MWANGI

Er saß auf seinem Bett im Hotel am Zoo, mit nacktem Oberkörper, und schrieb eine Widmung in sein jüngstes Buch – *Für Meja Mwangi, meinen Premierminister, mit den besten Wünschen aus dem verrückten Berlin.* Es war zehn Uhr durch, der Morgen sonnig und klar, und ich wollte frühstücken gehen. Um elf stand eine Stadtrundfahrt auf dem Programm. Ich vermutete, wir würden uns den anderen anschließen, doch er sagte, er habe die ganze Nacht kaum ein Auge zugetan. Er wollte nicht frühstücken, aber auch nicht weiterschlafen.

Taban wollte reden. Er wollte über Bücher reden, über das Schreiben und über dieses Festival, das die Crème de la Crème afrikanischer Literaten in Berlin zusammengebracht hatte. Warum in Berlin und nicht in Bamako? Wie sah ich die offenkundige Kluft zwischen anglofonen und frankofonen Autoren? Ich hörte diese Begriffe zum ersten Mal. Wir waren einfach nicht gleich, egal, wie man es rhetorisch verbrämen mochte. Was Sprache und Kultur anbetraf, waren wir durch unsere koloniale Vergangenheit stark geprägt, und beide Lager hatten weniger miteinander gemein, als die Festivalmacher sich vorgestellt hatten. Dass wir alle Afrikaner waren, über afrikanische Belange für Afrikaner schrieben, schien weniger von Bedeutung als die Sprache, in der einer schrieb, oder wie bekannt er war. Diesen und anderen Fragen versuchten wir auf den Grund zu gehen, doch dass wir auch für nur eine einzige eine Lösung gefunden hätten, ist mir nicht in Erinnerung.

Ich hatte leichte Kopfschmerzen, den Anflug eines Katers, wollte dem möglichst schnell abhelfen und für den Rest des Tages über nichts mehr nachdenken müssen. Eine Woche voller intensiver Gespräche, Lesungen und Seminare lag hinter uns. Wir hatten große Teile der vergangenen Tage damit verbracht, zu erörtern, ob es richtig war, in den Sprachen unserer Kolonialherren zu schreiben, die die Mehrheit unserer potenziellen einheimischen Leserschaft kaum beherrschte. Sollte nicht jeder von uns lieber in der jeweiligen Muttersprache schreiben?

Ich fand, jeder sollte frei entscheiden können, in welcher Sprache er schrieb, selbst wenn die Wahl auf eine Kolonialsprache fiel. Das in diesem Zusammenhang angeführte Argument von der geistigen Kolonisierung erschien mir eher eine Übung für angehende Intellektuelle, zur Stärkung der Egos ihrer Mentoren. Die Sprachen, in denen diese klugen Debatten geführt wurden, waren genau die, von denen wir uns, den Debatten zufolge, ja lösen sollten.

Taban hatte sich dazu seine ganz eigenen Gedanken gemacht. Gern hörte ich ihm zu, statt meine Ansicht vertreten zu müssen. Er hatte eine Menge zu sagen, von dem ich manches verstand und vieles nicht, und nichts dagegen, dass ich ihm nur zuhörte. In Gesellschaft eines bewanderten Menschen ist Zuhören klug.

Kennengelernt habe ich Taban bei einer vom Heinemann Verlag ausgerichteten Cocktailparty anlässlich der Verleihung des Jomo-Kenyatta-Preises für *Kill Me Quick,* mein erstes verlegtes Buch. Zu den Partygästen im Dozentenzimmer der Universität von Nairobi zählte auch Okot p'Bitek. Ich war tief beeindruckt, als ich neben dem Autor von *Lawinos Lied* stand und wie er als Schriftsteller bezeichnet wurde. Ich sah mich damals nicht als Schriftsteller. Ich hatte einfach ein Buch geschrieben. Es war mir peinlich, dass solche Giganten mich als einen der Ihren betrachteten. Okot hielt eine Rede und sagte, es sei an den jungen Autoren, das Staffelholz zu übernehmen und der literarischen Kargheit ein Ende zu machen. Mir machte das Angst. Gegen die Cocktails hatte ich nichts einzuwenden, aber was die Leute über mich sagten und von mir dachten, traf schlicht nicht zu. Ich war ein Schwindler, ein Betrüger, ein Dieb.

Als jemand, vielleicht sogar Okot p'Bitek, mich aufforderte, zu den versammelten Gästen zu sprechen, wurde ich zu Stein. Gelobt zu werden, war eine Sache. Über mich selbst zu sprechen, war schlimmer. Was ich gesagt habe, weiß ich nicht mehr. Nur dass ich aus Chinua Achebes *Things Fall Apart* zitiert habe: »Ein Kind, das sich die Hände wäscht, kann mit dem König zu Tisch sitzen.« Ich versprach, mir die Hände waschen zu gehen. Meine Rede war kurz und pathetisch, und die Zuhörer applaudierten. Ich glaube kaum, dass sich heute noch irgendwer daran erinnert. Ich müsste wohl vieles ungeschehen machen, wenn es damals schon Telefone mit Kameras gegeben hätte.

In Berlin, Jahre später und Meilen entfernt, verdickte sich die Crème und wurde variantenreicher. Teilte sich auch schnell in Quark und Käsebruch. Wir waren wie Geschwister, die sich zum ersten Mal begegneten und nach Wegen suchten, miteinander auszukommen. Die wenigsten unter uns konnten für sich in Anspruch nehmen, beiden Lagern anzugehören, und wir kommunizierten bestenfalls durch

Versuch und Irrtum. Ich war im anglofonen Quark, der wiederum in Bruchstücke zerfiel, geografischer Herkunft, langjährigen Freundschaften und Seniorität gemäß. Taban und ich hafteten aus regionalen und anderen Gründen aneinander, während unser ostafrikanischer Bruder Nuruddin Farah eigene Wege ging.

Manchmal wechselte ich ins frankofone Lager und lauschte den Ausführungen von Emmanuel Dongala, Mongo Beti und Ahmadou Kourouma in einer Sprache, die ich kaum verstand. Ich bemühte mich mitzutun, kam aber über die Vermutung nicht hinaus, dass hier über Literatur diskutiert wurde, die in französischer Sprache relevant sein mochte, sich dem Verständnis eines englischsprachigen Zeitgenossen aber entzog. Jeder gab sein Bestes, gut und freundlich zu sein, doch die Sprache erwies sich als zu hohe Hürde. Trotz gemeinsamer Anstrengung schaffte es eine ganze Gruppe von uns nicht einmal, ein Glas Wasser zu bestellen, damit Camara Laye seine Tabletten einnehmen konnte. Taban, der während der vergangenen zwei Wochen durch Deutschland gereist war, sprang ein und machte der Kellnerin begreiflich, dass wir weder Wein noch Whisky oder Bier wollten, sondern Wasser. Taban brachte uns auch bei, Bier, Wein und Wasser zu bestellen. Darüber hinaus hieß es improvisieren. Für Huhn ließen wir die ausgestreckten Hände flattern, für Rindfleisch bildeten wir Hörner nach, und für Schweinefleisch grunzten wir.

In der vergangenen Nacht waren wir auf dem Rückweg zum Hotel an einer Lokalität vorbeigekommen, die ausgesehen hatte wie eine ganz normale Kneipe, Bierwerbung im mit schweren Vorhängen verhängten Fenster. Auf dem Türschild stand zwar *Willkommen*, doch als wir die Tür aufstoßen wollten, fanden wir sie verschlossen. Wir wollten schon weiterziehen, da ging die Tür plötzlich auf.

»*Willkommen*«, sagte die alte Dame, als sie uns öffnete.

Sie hatte große mascaraschwere Augen und rosafarbenes schulterlanges Haar. Eine Kneipe war das wohl nicht, aber auch kein Privathaus. Die Dame führte uns durch einen Flur in ein Zimmer im Schummerlicht, mit tiefen Sofas vor einer Bühne und einem riesigen kreisrunden Bett mitten im Raum. Sie hieß uns auf einem der Sofas Platz zu nehmen und fragte, was wir zu trinken wünschten. Sie klatschte in die Hände. Ein junge Frau tauchte auf. Während sie Bier holen ging, erschien ein junges Paar aus einem Hinterzimmer und ließ sich auf dem Rundbett nieder. Das Bier kam. Ob es uns schmecke, erkundigte sich die alte Dame. Es war gutes deutsches Bier. Es würde keinen von uns eine Stange Geld kosten, beruhigte sie uns. Über den Preis für die Show könne man auch verhandeln. Show? Sie deutete auf den jungen Mann und die Frau. Die beiden würden für uns auftreten, sagte sie. Auftreten? *Natürlich*, war ihre Antwort. Taban und ich tauschten Blicke. Wir bezahlten das Bier und verschwanden.

Als wir früh am nächsten Abend wieder im Hotel ankamen, setzten wir uns zu unseren Schriftstellerkollegen an die Bar. Zurück im Schoß der Familie, unter Freunden, griffen wir die literarische Debatte dort wieder auf, wo wir sie jüngst unterbrochen hatten. Die Frage der Sprache schien wichtiger als die des Inhalts. Ich saß dabei und hörte mir die jeweiligen Argumente an. Manche Kollegen meinten, wir sollten uns auf eine einzige afrikanische Sprache für den gesamten Kontinent konzentrieren. Ja, aber auf welche? Andere fanden, wir sollten die alten Kolonialsprachen meiden und jeder solle in seiner eigenen Sprache schreiben. Ja, aber wie ließen sich auf diese Art Ideen über Grenzen hinweg vermitteln? Meiner Erfahrung mit Verlegern nach wäre keiner bereit, in ein Buch zu investieren, das sich nicht verkaufen würde, mochte es noch so interessant, mochten des Autors Absichten noch so edel sein.

Im Laufe des Abends stieß ein zurückhaltender Herr aus Deutschland zu uns, den Taban uns als Verleger und langjährigen Freund vorstellte. Viel sagte er nicht, während er ein Bier mit uns trank, und er verließ uns so lautlos, wie er gekommen war. Nachdem er sich verabschiedet hatte, erzählte uns Taban, der Mann sei ein engagierter Verleger afrikanischer Literatur, sein Verlag stecke aber in einem finanziellen Engpass und könne jegliche Unterstützung brauchen, zu der wir uns in der Lage sähen. Ich fragte mich, wie ich ihm unter die Arme greifen sollte, während ich mich als Schriftsteller abstrampelte und selbst Hilfe gebrauchen konnte.

Taban erklärte sich später näher. In Berlin waren damals einige Verlage auf der Suche nach afrikanischen Autoren, um deren Werke in deutscher Übersetzung zu publizieren. Manche, so Taban, böten sicherlich bessere Konditionen als jener in Finanznot steckende Verleger, doch sowohl an deren Aufrichtigkeit als auch an der Nachhaltigkeit ihres Engagements für afrikanische Literatur waren Zweifel angebracht. Der Peter Hammer Verlag aber hatte seinen Einsatz für Literatur aus der Dritten Welt bereits unter Beweis gestellt. Taban wandte sich an uns Autoren mit der Bitte, den Verlag wohlwollend in Betracht zu ziehen, falls er auf sie zukäme. Ich hörte von diesem Verlag zum ersten Mal.

Das Künstlerhaus Bethanien, wo die Literaturabende stattfanden, wirkte völlig skurril, sah aus wie ein Nachtklub und roch wie eine Bibliothek. Auf einer kleinen Bühne boten Trommler, Tänzer, Schauspieler und Schriftsteller allabendlich ihre Dramen dar. Einmal traten westafrikanische Koraspieler auf, am nächsten Abend war südafrikanische Jazz Poetry an der Reihe. Kein Platz schien zu sein für einen

Romanautor, dem außer seinen Wörtern auf Papier keinerlei Requisiten zur Verfügung standen. Das rief mir Ted Jones, der amerikanische Lyriker, ins Bewusstsein, der sich nach einer meiner Lesungen wunderte, was ich auf einer Bühne verloren hatte, wenn ich wie ein abgeurteilter Sträfling zwischen zwei weißen Gefängniswärtern kauerte.

»Die Bühne ist was für Leute, die sich darstellen können«, erklärte er, »für Leute, die reden können, Leute mit Showtalent. Nicht für Autoren, die aussehen, als hätte man sie dorthin geprügelt.«

Hätte er an jenem Abend auf der Bühne gestanden, er hätte es allen gezeigt. Er wäre herumgehopst, hätte gesungen und getanzt, wäre wie ein Vogel durch den Saal geschwirrt. Er hätte die Bühne in Brand gesetzt. Ich Ärmster aber hatte, ohne die leiseste Ahnung davon, was gefordert war, lammfromm zwischen Moderator und Dolmetscher, zwischen dem Vernehmungsbeamten und dem Anwalt gehockt und mich redlich bemüht, jede Frage wahrheitsgemäß zu beantworten.

»Warum schreiben Sie?«

Die Frage tauchte so oft auf, dass ich langsam Zweifel bekam, was das Schreiben betraf. Sie schien anzudeuten, dass ichs lieber sein lassen sollte.

»Für wen schreiben Sie?«

Darüber müsste ich wohl eingehend nachdenken, wenn ich wieder zu Hause wäre.

»Wann haben Sie angefangen zu schreiben?«

Wenn ich geahnt hätte, dass das eines Tages von Belang sein könnte, hätte ich mir das Datum notiert.

»Warum haben Sie *The Cockroach Dance* geschrieben?«

Ja, warum? Als ich *Kill Me Quick*, mein erstes Buch, schrieb, traf ich einen Kollegen der Zunft, der ständig ein

Exemplar seines Romans mit sich herumtrug, dem Anschein nach, um Werbung dafür zu machen, in Wahrheit aber, um zu beweisen, dass er's zu was gebracht hatte. Die beeindruckt waren, spendierten ihm viele Drinks. Irgendwann aber waren auch sie es leid, dass er ihnen ständig mit seinem Buch in den Ohren lag, und wandten sich ab, sobald er sich zu ihnen an die Bar setzte. Ich erinnere mich an niemanden, der ihn gefragt hätte, wovon sein Roman handele, warum er ihn geschrieben habe oder wo man ihn kaufen könne.

Berlin war anders. Wie anders, sollte mir klar werden, als ich mich mit einem ugandischen Korrespondenten der Deutschen Welle – aus Bonn eingeflogen, um alle Autoren zu interviewen, die an dieser als größte Zusammenkunft afrikanischer Literaten auf deutschem Boden gepriesenen Veranstaltung teilnahmen – zum Interview traf. Er hieß Mukasa, hatte die Schriftsteller eine Woche lang nach Kräften zu ihren unterschiedlichen Terminen begleitet und zu guter Letzt fast alle Teilnehmer interviewt. Ich war sein letzter Interviewpartner, und er konnte sich Zeit lassen. Einen Teil unseres Gesprächs führten wir auf Kisuaheli ungestört in einem ruhigen Eckchen in einer ruhigen Kneipe auf dem Kurfürstendamm. Ich weiß kaum noch, was Mukasa mich gefragt hat oder was ich ihm geantwortet habe. Ich hielt mich an den Rat meines Mentors. Auf das, was man sagte, kam es kaum an. Singen und Tanzen waren gefragt, die Bühne musste in Flammen aufgehen. Je esoterischer die Antworten, desto besser. Mit Einfachheit, Klarheit, Aufrichtigkeit sollten Neulinge sich abgeben. Sprich zur Not auch laut. Sing, auch ohne Lied im Repertoire, schwing das Tanzbein, selbst wenn's dir widerstrebt, und stampfe voller Inbrunst mit den Füßen. Das Publikum will dir glauben und wird vermuten, du hast deine ganz eigene Sicht auf das Leben erfunden.

Was würde ich aus Berlin mitnehmen? Die Frage verblüffte mich. Hergekommen war ich einzig, um Chinua Achebe, Wole Soyinka, Mongo Beti und Camara Laye zu treffen. Ich hatte ihre Werke gelesen und bewunderte ihre Kreativität. Das war Gepäck genug für die Heimreise, die Gewissheit, dass sie aus Fleisch und Blut waren.

Nach dem Interview tauschten wir Gedanken über unsere jeweiligen Heimatländer aus, darüber, wie stark Politik und Ideologien, der Ost-West-Konflikt, den Kontinent spalteten und in ihrer Gewalt hatten. Welcher Reiz am afrikanischen Kontinent brachte nur immer wieder Witzfiguren und Diktatoren an die Macht? Wo waren die Guten, die aufrechten Ehrenmänner? Warum zogen sie nicht in den Kampf gegen diese Despoten und ersparten ihrem Volk viele vergebliche Lebensjahre?

Das war damals die Zeit, in der ein einfacher Unteroffizier einen Staatsstreich ausrufen, sich an die Spitze des Landes setzen, zum General befördern und zum Präsidenten auf Lebenszeit ernennen konnte. Feldmarschall Idi Amin Dada, der selbst ernannte Eroberer des Britischen Empire, und der selbst gekrönte Kaiser Bokassa führten die Parade afrikanischer Despoten an. Von Nord bis Süd und von Ost bis West war der Kontinent beherrscht von Männern, deren geistige Zurechnungsfähigkeit oder staatsmännisches Geschick zumeist in Frage standen. Wir zählten sie auf, Mukasa und ich, bewerteten sie und machten Vorhersagen darüber, wie sie eines Tages enden würden. In einer schummrigen Kneipe im schrägen Berlin war das kinderleicht. Zu Hause wäre es Verrat gewesen.

Wir gaben uns Mühe, hoffnungsvoll in die Zukunft zu schauen. Welche Rolle spielten Bücher und ihre Verfasser beim Aufbau dieser Zukunft? Welche Chancen hatte ein

Buch, gemessen an einem Gewehr? Bücher konnte man auf einen Haufen werfen und anzünden. Schriftsteller konnte man in Kerker werfen oder, schlimmer noch, an Wände stellen und abknallen. An Afrikas Schicksal gaben wir dem Westen die Schuld und der Geschichte und allen anderen Beteiligten außer uns selbst. Dann fiel uns ein, dass auch Europa sein gerüttelt Maß an Verrückten hatte und dass einer von ihnen direkt auf der anderen Seite der *Berliner Mauer* saß. Mukasa hatte eine Freundin in Ostberlin, und er fand, jetzt sei die passende Gelegenheit für einen Überraschungsbesuch. Um Mitternacht müssten wir wieder auf der westlichen Seite der Mauer sein.

Wir fuhren mit der U-Bahn zum Checkpoint Charlie, dem durch Spionageliteratur und -filme zu Berühmtheit gelangten Grenzübergang. Ich hatte ein flaues Gefühl im Magen, als wir auf die westseits postierten US-Soldaten zugingen. Hier schwitzten Kinospione Blut und Wasser, weil sie, von ihrer jenseits des Eisernen Vorhangs erfüllten Mission zurückgekehrt, in Todesangst fürchteten, hinterrücks erschossen zu werden. Die Soldaten winkten uns durch, warfen kaum einen Blick auf unsere Papiere, und wir stellten uns in die lange Reihe der Westler, die nach Ostberlin wollten. In umgekehrter Richtung war die Schlange sogar noch länger. Wir standen an und sahen die Zeit im Schneckentempo verstreichen. Sie wurde knapp und knapper, ohne dass wir etwas daran hätten ändern können, denn jetzt, da wir anstanden, mussten wir über Ostberlin wieder zurück in den westlichen Teil der Stadt. Um elf Uhr abends standen wir schließlich vor der Passkontrolle.

»Wen kennen Sie in der Deutschen Demokratischen Republik?«, fragte der Polizist.

»Niemanden«, sagte Mukasa.

»Niemanden«, sagte ich.

»Was führt Sie nach Berlin, in die Hauptstadt der Deutschen Demokratischen Republik?«

»Die Lust auf ein Bier«, sagte Mukasa.

»Mich ebenfalls«, sagte ich.

Kurz nach dreiundzwanzig Uhr setzten wir also den Fuß auf ostdeutschen Boden, jenseits der Mauer. Mukasa befand, dass es nun zu spät sei, seine Freundin zu Hause zu besuchen und wieder zurück zu sein, bevor die Grenze um Mitternacht geschlossen wurde. Von der nächstgelegenen Kneipe aus rief mein Freund seine Freundin an und bat sie, uns dort zu treffen. Am Ende des Tresens saßen zwei Männer. Ein Paar saß an einem Tisch an der Wand. Der Barkeeper war gut aufgelegt und gesprächig. Er wurde neugierig, als er uns Kisuaheli sprechen hörte.

»Amerikaner?«, fragte er.

»Nein«, sagten wir.

Was wir seien? Afrikaner. Ah, Afrikaner. Und von Beruf? Journalisten, sagte Mukasa. Ah, Journalisten. Und was hatte uns nach Ostberlin geführt? Die Lust auf ein Bier, sagte Mukasa. Der Mann lachte und ging andere Kunden bedienen. Als er zurückkam, fragte er, ob mein Freund und ich bei ihm übernachten wollten. Da ich annahm, dass er uns Zimmer für die Nacht anbot, sagte ich, wir hätten auf der anderen Seite der Mauer schon eine Hotelunterkunft. Mukasa lachte und erklärte ihm, dass wir hier auf seine Freundin und deren Freundin warteten, die jeden Augenblick hier sein müssten. Dann erläuterte er mir, was der Barkeeper eigentlich gemeint hatte. Wirklich verrückt, Berlin.

Die Freundin traf erst eine Viertelstunde vor Mitternacht ein. Für uns war es Zeit, den Rückweg anzutreten, zum Grenzübergang.

»Kommen die Herren wieder?«, erkundigte sich der Barkeeper.

»Vielleicht«, sagten wir.

»Ich zeig euch Berlin«, sagte er. »Ruft mich an.«

Ich dachte mir nichts dabei, als er darauf bestand, jedem von uns eine Visitenkarte mitzugeben, doch Mukasa warf beide auf dem Weg zur Grenze in einen Papierkorb. Die Warteschlange an der Grenze reichte bis hinaus auf die Straße. Was wohl passieren würde, wenn wir um Mitternacht noch auf der falschen Seite der Mauer stünden? Man wird uns wohl festnehmen, mutmaßte Mukasa. In den Filmen wurde der Spion immer just in dem Moment gefasst, in dem er die Trennlinie zwischen Ost und West passieren wollte. Ich war nervös. Die Schlange kroch Zentimeter für Zentimeter voran. Wir wechselten kein Wort miteinander.

Und dann, genau wie im Kino, pickte ein Polizist uns aus der Schlange und führte uns in ein Nebengebäude. Er nahm unsere Pässe an sich und ging weg. Wir blieben sitzen und warteten. Uns war klar, dass es ratsam war, nicht miteinander zu sprechen. Wahrscheinlich wurden wir beobachtet und belauscht, genau wie in den Filmen. Wir starrten den Fußboden an, die Wände, die Decke. Der Boden war staubig, die Wände grau und die Decke weiß.

Etwa eine halbe Stunde später kam ein anderer Polizist herein. Wen kannten wir in Ostberlin? Niemanden, sagte mein Freund. Weshalb waren wir in Ostberlin gewesen? Tourismus. Wo waren wir gewesen? Mein Freund nannte den Namen der Kneipe. Was hatten wir dort getan? Bier getrunken. Mit wem hatten wir gesprochen? Mit dem Barkeeper. Mukasa beantwortete alle Fragen.

Der Polizist bedeutete mir, ihm zu folgen. Er brachte mich in ein anderes Büro und stellte mir noch einmal dieselben Fragen. Wen kannte ich in Ostberlin? Niemanden, sagte ich. Wo hatte ich mich aufgehalten? In einer Kneipe. Mit wem hatte ich gesprochen? Mit dem Barkeeper. Der Polizist forderte mich auf, den Inhalt meiner Taschen auf den Tisch zu leeren. Er durchsuchte mein Portemonnaie, zählte mein Geld. Er befahl mir, mich bis auf die Unterhose auszuziehen, und er durchsuchte meine Sachen. Dann ging er und ließ mich in dem kalten grauen Raum in meiner Unterwäsche stehen. Minuten verstrichen. Ich stellte mir vor, dass mich jemand durch Gucklöcher beobachtete. Ich starrte auf die Wand vor mir.

Nach geraumer Zeit tauchte ein anderer Polizist auf. Woher haben Sie die?, wollte er wissen. Es war eine der Visitenkarten, die Mukasa weggeworfen hatte. Von dem Barkeeper, sagte ich. Das zu leugnen wäre zwecklos gewesen. Warum haben Sie sie weggeworfen?, fragte er. Ich habe nicht die Absicht, wieder hierherzukommen. Er befahl mir, mich anzuziehen, und brachte mich zur Passkontrolle. Außer uns war inzwischen niemand mehr da. Der Polizist gab mir meinen Pass zurück und deutete zur anderen Seite der Grenze.

Mukasa erwartete mich jenseits des Checkpoints. Er hatte Schlimmeres durchgemacht als ich. Kaum hatten die Beamten erkannt, dass er fließend Deutsch sprach und in Diensten der Deutschen Welle stand, hatten sie ihn gründlich gegrillt. Er aber war einmal von Idi Amins Polizei verhört worden, und verglichen damit war das hier nichts gewesen. Er brachte mich in mein Hotel und ging dann in seines. Tags darauf flog er zurück nach Bonn, und ich ging zurück in den Kreis der Kollegen.

Dambudzo Marechera traf in Berlin ohne Visum und ohne Pass ein. An dem Tag, an dem er abends aus seinem Erzählband *Haus des Hungers* vorlesen sollte, war er auf dem

Ausländeramt und erklärte dort, wie er es geschafft hatte, ohne Pass von London nach Berlin zu fliegen. Unterdessen versuchten sein Verleger in London und die Veranstalter des Literaturfestivals in Berlin fieberhaft, seine Ausweisung zu verhindern. Als man ihn endlich hatte ziehen lassen und er zur Lesung kam, wirkte er verstört, orientierungslos und hungrig. Ich setzte mich zu ihm auf die Terrasse, wo er allein und ohne Freunde saß, doch mein Sympathisierungsversuch erntete nur einen harten, zornigen Blick.

Der Saal war bis auf den letzten Platz besetzt, als Dambudzo am Abend jenes Tages aufstand, um zu lesen. Es war stickig und erwartungsvoll still. Das einprägsamste Bild, das ich von Dambudzo habe, ist das Schwarz-Weiß-Foto, das George Hallet im Zwielicht der Bühne an dem Abend von ihm gemacht hat. Scheinwerferlicht und Rauchschwaden bilden einen durchbrochenen Heiligenschein über seinem Kopf. Das Publikum schien ein außergewöhnliches Ereignis zu erwarten. Ich rechnete damit, dass er seinem Ärger Luft machen würde, den ich tagsüber im Ansatz erahnt hatte, nahm an, er würde einfach ausatmen und den Saal in Flammen setzen. Nichts dergleichen geschah. Für einen Mann mit so viel Zorn im Bauch war sein Vortrag beherrscht, stimmig und voller Würde. Dambudzo trug seine Texte vor, beantwortete ein paar Fragen und verließ die Bühne. Ihm stellte man keine der für mich gedachten Sonderfragen.

Warum schreiben Sie?

Damit hätte der Feuersturm losbrechen können.

Warum haben Sie angefangen zu schreiben?

Warum nicht?

Ich hatte das halbwegs scherzhaft gemeint, als ich zum ersten Mal diese Antwort gab, doch mein Publikum war so ernst wie die Grenzpolizisten. Ich passte meine Antworten zunehmend der Aufrichtigkeit des Fragestellers an.

»Ich schreibe, weil ich die Bühne nicht in Brand stecken kann.«

Diese Antwort hielt ich so lange für schlau, bis ich sie erläutern musste. Ich wartete darauf, dass jemand mich fragte, wann ich mit dem Schreiben aufhören würde. Die Trommler, die Lyriker, die Sänger und die Tänzer hatten sich die Bühne zu eigen gemacht. Sie hatten nach ihrem Gutdünken Feuer gelegt und waren unverletzt von dannen gezogen. Sie hatten nichts weiter beweisen und keinerlei Fragen beantworten müssen. Das Publikum spendete Beifall, und sie traten ab.

Als Kind wohnte ich Tür an Tür mit dem Schlagzeuger der Band, die bei Tanzveranstaltungen in unserer Gegend spielte. Ich sah, wie sorglos er lebte, sah die Mädchen ein und aus gehen, den Respekt, den, wer ihn spielen hörte, ihm entgegenbrachte, und erwog, die Schule zu verlassen, um Schlagzeuger zu werden. Als ich in Berlin der Crème der Literaten Afrikas lauschte, der Crème de la Crème, nicht den Schwindlern und Imitatoren, und dabei sah, mit welcher Gelassenheit, Eleganz und Beherrschung sie ihre Botschaft vermittelten, wusste ich, ich hätte Schlagzeug spielen lernen sollen. Selbstsicher und souverän bewiesen diese Autoren, dass sie wussten, wovon sie sprachen, auch wenn das Publikum ihnen nicht folgen konnte.

Chinua Achebe sang bei seinem Auftritt nicht, noch tanzte er oder versuchte, die Bühne zu demolieren. Er saß dort oben und las vor, mit leiser Stimme, entspannt. Lächelnd gab er Antwort auf Fragen. Niemand wollte von ihm wissen, wie, wann oder warum er zu schreiben begonnen hatte. Alle wussten, der Nobelpreis stand ihm zu. Genauso wie Camara Laye, Wole Soyinka, Ngugi wa Thiongo, Taban Lo Liyong und einem großen Teil der Crème.

Ganz anders die Stimmung, als Wole Soyinka die Szene betrat. Und mit ihm Trommler und Tänzer und Feuer und Rauch. Die Leute strömten in den Saal, um zu sehen, was sich da tat. Journalisten, Kameras und Mikrofone drängten sich, während Soyinka das Publikum mit seiner Stimme und seinen Worten im Bann schlug. Er war Poet und Performer in einem. Niemand unterstand sich, ihn zu fragen, warum er schrieb.

Am Abend meines Auftritts waren weniger Zeugen vor Ort. Die Stars der Szene waren aufgetaucht und wieder verschwunden und mit ihnen die größte Neugier. Die Sahne hatte die Gastfreundschaft der Stadt über Gebühr beansprucht, und Berlin wurde des Singens und Tanzens überdrüssig. Aus welchem Buch ich gelesen habe und warum, weiß ich nicht mehr, nur noch, dass ich hinter den Rauchschwaden, hinter dem grellen Scheinwerferlicht auszumachen suchte, wie viele Leute gekommen waren.

Hatte meine Mutter meine Bücher gelesen? Natürlich, sagte ich, sie sei mein größter Fan. Sie konnte gar nicht lesen, aber die Wahrheit war nicht immer die beste Antwort. Die Show, immer stand die Show im Vordergrund.

»Mag ja sein, dass sie heute Abend zum ersten Mal von dir hören«, hatte Ted Jones gesagt. »Mag sein, dass sie noch nicht eines deiner Bücher gelesen haben, aber das ist jetzt egal. Heute Abend bist du der Star, und ich rate dir: Mach was draus.«

»Bring sie zum Lachen«, hörte ich Ted Jones sagen. »Bring sie zum Tanzen, und sie werden dir zu Füßen liegen. Aber wenn du sie mit deinen banalen Wahrheiten und deiner moralischen Gradlinigkeit langweilst, verzeihen sie dir das nicht.«

»Und du musst reden«, riet mir Taban. »Reden, reden, reden. Du kannst Geschichten erzählen. Du hast mehr zu sagen, als du denkst.«

Auch wenn ich den Rat meiner Mentoren befolgte, so gut ich es vermochte, gab es am Ende nicht wirklich viel Applaus. Anschließend lud Taban mich in die nächste Kneipe ein, zum Trost.

»Das Refugium für den geschundenen Krieger«, sagte er.

Wir redeten über alles Mögliche außer der Lesung. Er meinte, der Peter Hammer Verlag wolle mit mir über eine deutsche Übersetzung von *The Cockroach Dance* sprechen. Damals passierte das nicht. Sechsunddreißig Jahre später, im Vorfeld des fünfzigsten Geburtstags des Verlags – und nachdem Peter Hammer schon mehrere andere meiner Bücher veröffentlicht hat – schließt sich der Kreis. *Der Tanz der Kakerlaken*, das Buch, das Taban seinerzeit in Berlin favorisiert hatte, als mir der Peter Hammer Verlag noch unbekannt war, ist nun in deutschen Buchhandlungen zu haben.

Aus dem Englischen von Jutta Himmelreich

r immerfließen-
uschend erzählend,
d kichernd, sanft mi
pielend, heftig ge-
osend, immer und
der in gurgelnder

Über den Fluss

WERNER PETERMANN

draußen der immerfließende fluss, rauschend erzählend, plätschernd kichernd, sanft mit den ufern spielend, heftig gegen sie antosend, immer und immer wieder in gurgelnder unbeständigkeit, dahinziehend, flutend, wellenwerfend. ewiger.

der fluss war nur mitteilsam, wenn er es wollte. dann konnte er zum verführer werden und zum verräter. vor den augen seiner sprachmüden anwohner bäumte er sich, ganz melodramatischer schurke, schlang und wand sich in theatralischer gebärde dahin. *dahin.*

dem sturmwind allein gab er sich hin, der war sein herrischer geliebter, von dem er sich anfauchen, auspeitschen, aufwühlen ließ. da verlor er alle kontrolle. brandete über die ufer. ergoss sich weit flutend ins land. bis schließlich erneut ruhe einkehrte und das brodelnde ungeheuer in sich versank, als ob es nie existiert hätte.

dann wagten sich auch die menschen in ihren booten wieder hinaus.

auf einer kleinen anhöhe, hoch genug über dem fluss, dass ihm kein hochwasser etwas anhaben konnte, stand das HOTEL.

doch macht euch nichts vor: das war eine recht schäbige angelegenheit. hotels haben namen wie Excelsior, Ambassador, Ritz, Astoria, Continental, Esplanade, Rialto, Imperial, Atlantis, Carlton, Bellevue, Royal. das hier hieß nur HOTEL. zyniker meinten – und wer war unter seinen gästen kein zyniker –, es hätte mal GRAND HOTEL geheißen, doch das GRAND wäre gleich vom ersten brausenden lüftchen davongeweht worden. GRAND HOTEL, das lässt sogleich an bessere zeiten denken, doch völlig zu unrecht, denn nichts an dem von zeit, witterung und termiten angefressenen, dreistöckigen, aus urwaldhölzern im einstmals sogenannten meridionalen Stil errichteten gebäude erinnerte daran, weder von außen noch in seinen von scheppernden ventilatoren durchlüfteten innenräumen. das HOTEL sah einfach alt aus, weil es den zerfall schon in sich trug, als es durch den spleen längst vergessener investoren an den platz gestellt wurde, den es bis heute einnimmt, wo damals ein steg war mit einem geschützten anlegeplatz für die boote der fischer aus dem dorf stromabwärts und wo noch heute boote, die den fluss befahren, anlanden. nur die fischer und ihr dorf und den steg gibt es schon lange nicht mehr.

manchmal setzen die boote seltsame menschen ab, die von stromaufwärts kommen oder gar von der anderen seite und die dann den weg hinaufsteigen zum HOTEL, wo sie nach einem zimmer fragen und für einige tage bleiben, nur wenige auch länger. doch einer ist für immer hier abgestiegen. fragt mich nicht, wie ich heiße. fragt mich nicht, wer ich bin. ich werde euch das erzählen, was ihr hören wollt. auch wenn ihr gar nicht wisst, dass ihr es hören wollt. ihr werdet geschichten zu hören bekommen, dass ihr nicht mehr wisst, wo euch der kopf steht. und die männer an der bar und die frauen an den tischen werden nicken und sagen, so war es. und die männer werden bekräftigend in den uralten messingnapf spucken, und die frauen werden zustimmend trillern. und der große rot-blaue vogel, dem man die flügel gestutzt hat, damit er nicht wegfliegt, stakst mit wiegendem oberkörper nüsse pickend über den tresen und gibt, wie es sich gehört, krächzend obszönitäten von sich.

fragt mich nicht, was ich so den lieben langen tag treibe. es reicht, wenn ich euch sage, dass ich meine festen gewohnheiten habe. ich habe genügend jahre auf dem buckel, um mir auch einige marotten zu erlauben. früher hätte ich von idiosynkrasien gesprochen, aber mehr verrate ich nicht.

euch König nicht vorgestellt zu haben, ist natürlich ein unentschuldbarer fauxpas, den könig, the king, le roi, il re, el rey, wie man ihn nannte, hotelbesitzer (oder pächter? ich weiß es nicht, fällt mir dabei auf, nach all den jahren) und besitzer der in dieser zeit angesammelten bücher. ich denke da an Kropotkins *Memoiren eines Revolutionärs* oder *The Life and Opinions of Tristram Shandy* von Lawrence Sterne oder einen band von Chesterton, in dem der unvergleichliche *Father Brown* seine unvergleichlichen Fälle löst.

das erste buch, das jemand liegen gelassen hat? du glaubst, ich weiß das nicht mehr? ich weiß das noch so genau, als ob es gestern gewesen wäre. und warum ich das noch weiß? ich sag es dir: das war diese bibel hier. die hat einer von den bescheuerten missionaren – nein, nicht vergessen, sieh mal, was er da reingeschrieben hat.

ich las: das wort gottes gehört auch in dieses haus!

ich musste lachen.

und wenn ich dir erzähle, warum ich sie behalten habe, wirst du gleich noch mehr lachen. es waren nämlich meine angestellten, das küchenpersonal, die kellner, die zimmermädchen (ich lachte jetzt schon), *die mich dazu überredeten. es bringe unglück, sagten sie, für das HOTEL und seine bewohner und für wen auch immer, wenn ich die bibel weggäbe oder … von wegen überredeten: mit streik drohten sie und mit kündigung, und dann mischten sich auch noch die gäste ein – schau nicht so, es waren bessere zeiten damals –, ich hatte die schlechteren karten. so blieb mir die missionarsgabe erhalten.*

war doch eine schöne bescherung. hast du denn auch mal reingeschaut? ich mein ja nur, so aus interesse.

König sah mich seltsam an. *ich bin atheist,* sagte er, *atheismus verpflichtet. das ist familiär bedingt. da wo ich herkomme, waren alle atheisten.*

ich nickte lachend. und du meinst, du bist auf der richtigen seite? das meinen die anderen auch. für die seid ihr die bösen, für euch sind sie es. ich finde das lustig. aber auch ganz schön traurig, weil so ausweglos. wie ’ne doppelte sackgasse.

und was ist mit dir?, fragte er etwas pikiert.

ich, sagte ich, bin anarchist.

nun, das ist jetzt alles schon wieder so lange her, dass ich es mir fast aus den fingern saugen muss. und jetzt habe ich doch tatsächlich den faden verloren. den berühmten roten faden, der schon Goethe imponiert hat (»Wir hören von einer besondern Einrichtung bei der englischen Marine. Sämtliche Tauwerke der königlichen Flotte, vom stärksten bis zum schwächsten, sind dergestalt gesponnen, daß ein roter Faden durch das Ganze durchgeht, den man nicht herauswinden kann, ohne alles aufzulösen, und woran auch die kleinsten Stücke kenntlich sind, daß sie der Krone gehören. Ebenso zieht sich durch Ottiliens Tagebuch ein Faden der Neigung und Anhänglichkeit, der alles verbindet und das Ganze bezeichnet.« *Wahlverwandtschaften,* Teil 2, Kap. 2) und der einen vielleicht noch berühmteren vorgänger hatte im faden der Ariadne durchs labyrinth, sinnbild der ausweglosigkeit einer welt, in der unsere alltagswege und -verrichtungen nirgendwo hinführen, einer ganz und gar geheimnisvollen welt, in der die gedanken taten sind und die taten doch wieder nur gedanken.

welt in einer welt wie der unseren, heißt es, die wir uns in augenblicken des vergessens selbst unterjubeln, um uns mit wagnissen und abenteuern und halsbrecherischen kunststücken zu beschenken, zirkusnummern unter der zirkuskuppel, und mit geschichten, in die wir gefahrlos abtauchen können, weltinnerlich berührt, ins weltinnerste, damit das moos auf den grabsteinen nicht überhandnimmt.

eines war klar: das weltinnerste reichte gerade mal bis ans flussufer, das HOTEL allerdings blieb davon unbelastet.

sicher habe ich euch schon erzählt, dass ich einmal im monat zu einer angekündigten stunde meine vorlesung halte, sonst wärt ihr jetzt nicht hier und würdet mir nicht zuhören. natürlich lese ich nichts vor, oder sagen wir: eher selten, also:

die geschichte hat mir einer von den anthros erzählt, die, es ist noch gar nicht so lange her, den fluss hinaufgefahren sind. das ging jahr für jahr so, und die meisten unterbrachen ihre fahrt hier bei uns, um noch einmal sprit zu kaufen für den außenbordmotor und überhaupt ihre ausrüstung zu ergänzen. der eine oder andere war darunter, der mochte den abschied von der zivilisation lieber bei einer frau verbringen, die lippenstift benutzte und parfüm. aber häufiger noch landeten hier solche, die den fluss herabkamen, die nach wochen oder monaten oder jahren zurückkamen von einem aufenthalt in den unzivilisierten gebieten oberhalb der stromschnellen und des großen sumpfes. zoologen, entomologen, anthropologen, orchideenforscher, prospektoren, missionare.

ein blick in die runde genügte. fast alles vertraute gesichter. bis auf zwei kichernde frauen nahe der tür und einen tisch voller männer, fünf überhitzte gesichter. mehrere deutliche hinweise verrieten, dass sie von der ölgesellschaft waren, die auf dieser seite des flusses einige kilometer stromaufwärts probebohrungen durchführte. sie hatten typische prospektorenoveralls an, untrüglich aber war das große W, das sie aus ihren kurz geschnittenen stoppelhaaren herausrasiert hatten: W gleich Winners. es hieß, manche hätten sich das W mit leuchtfarbe ausgemalt, um aus der luft besser erkennbar zu sein, falls sie in der wildnis verloren gingen.

ich nippte an meinem GT und fuhr fort.

einer, der zurückkam, denn das war nicht allen beschieden. wenn ich es recht bedenke, war es nicht einmal die hälfte. man kann nicht sagen, dass ER sonderlich gesund aussah. gelbliche haut, mit hellen flecken übersät, auf die knochen abgemagert. ein wandelndes gespenst, vor dem sich die abergläubischen christenmenschen, die sich allenthalben im umkreis des HOTELs herumtrieben und für die nichtsnutze (oder gesocks, weil in der sozialen einschätzung noch etwas tiefer stehend) eine bessere bezeichnung gewesen wäre, mit allen zeichen der scheu und abscheu bekreuzigten, eine fromme mitleidige seele murmelte etwas vom leiden christi, als er aus dem boot stieg und den weg heraufkeuchte.

sie nannten mich wiedergänger, revenant, und das war ich ja in gewissem sinne auch: ich war zurückgekommen, so beschrieb er die situation.

aber er habe noch nie viel fleisch auf den knochen gehabt, meinte er bei anderer gelegenheit quasi à part. sein name sei melchior, er sei kulturanthropologe gew … bin mir sicher, dass er *gewesen* sagen wollte, hat es sich gerade noch verkniffen, warum auch immer. *ich war bei den stämmen.*

nun wusste auch ich einiges von den indigenen, war selber mal bis zum großen katarakt hinaufgefahren und hatte immer gut zugehört, wenn die händler, die dort ihr emporium hatten, von einem ihrer ausflüge zurückkamen und im HOTEL einkehrten, wo sie, endlos bramarbasierend, sich der tollen und tollkühnen abenteuer rühmten, die sie erlebt und überlebt hatten.

alles prahlhänse vor dem herrn.

melchior blieb dann doch länger im HOTEL, als er vorgehabt hatte. weiter unten am fluss war ein krieg ausgebrochen. söldner hatten geputscht, weil der für sie zuständige minister vergessen hatte, sie zu bezahlen, oder weil kein geld mehr in der staatskasse war, und jetzt hatten die geprellten aus vieler herren länder die sache in die eigenen hände genommen und waren in kürzester zeit mit ihren mobilen einheiten fast bis zur hauptstadt vorgedrungen, wo sie am rand des flughafens erstmals auf widerstand stießen. dort tobten, wie es hieß, äußerst verlustreiche kämpfe. der regimetreue fernsehnachrichtensprecher versuchte optimismus auszustrahlen. da aber offensichtlich die klimaanlage im fernsehstudio ausgefallen war, schwitzte er gewaltig, und aus seinen poren troff ganz bestimmt keine siegesgewissheit.

glücklicherweise waren wir buchstäblich ab vom schuss. der nächste flugplatz lag einhundertfünfzig kilometer auf der anderen seite der berge, wohin keine befahrbare Straße führte, und selbst mit einem schnellen boot brauchte man den fluss herauf eine ewigkeit. vorausgesetzt, man hatte genügend sprit. die einzige möglichkeit, hier schnell wegzukommen, wäre mit dem wasserflugzeug der ölgesellschaft gewesen, falls sie dich mitnahmen. aber die saßen fest wie wir, wie uns die häufigen besuche ihrer männer im HOTEL schnell belehrten. da hingen wir also in unserem kleinen weltgebäude herum und harrten, irgendwie aufeinander angewiesen, der dinge, die fernab geschehen mochten. das fernsehen stellte nach drei tagen seine nachrichtensendungen ein und begnügte sich mit trostloser unterhaltung.

in solcher situation saß ich mit melchior in einem sicher vertäuten einbaum draußen auf dem fluss, wo wir unser glück beim angeln versuchten, einer jener menschlichen tätigkeiten, die sich das mäntelchen des meditativen umhängen, während es doch schlicht und einfach darum geht, anderen lebewesen den garaus zu machen und dabei billigend in kauf zu nehmen, sie vorher noch ziemlich lange – solange sie am haken hängen – zu quälen.

eins war gewiss: hier konnte man mächtig dicke brocken aus dem wasser hieven, meterlange gesellen der gattungen glaucuso und polyodontis. darf ich euch an das foto erinnern, das damals um die welt ging, wo sich der erfolgreiche angler neben dem glaucuso bakeri, den er erlegt hatte, richtig mickrig ausnahm. der fisch, mit dem er abgebildet war, hatte fast die dreifache länge.

da spielen sich kämpfe in kaum erwarteten dimensionen ab.

ich kenn den arrllt, der fisch spielt in der mythologie der paakkull eine wichtige rolle, sagte melchior. es war das erste mal, dass er von den leuten sprach, bei denen er sich die letzten jahre aufgehalten hatte. wenn die jungs zu männern werden, da müssen sie eine reihe von rituellen herausforderungen bestehen, und bei einer geht es darum, einem ha-warrllt zu begegnen, beim frühmorgendlichen bad, wenn sie völlig überraschend von den männern unter wasser gedrückt und festgehalten werden und ein riesiger skelettierter fischkopf, ein weit aufgerissenes maul voller zähne, auf sie zuschwimmt und sie verschlingt, wenn sie spüren, wie das maul um sie herum ist und sich schließt und die nadelspitzen zähne sich in ihren rücken und ihre brust, in nacken, hals, gesicht und skalp bohren, und wenn sie in panik geraten, sich aber gegen den griff der männer nicht wehren können, die sie dann ebenso plötzlich, wie sie sie umklammert hatten, wieder freigeben, wenn ihnen schon schwarz vor den augen wird, und kein fischungeheuer weit und breit, aber wenn sie japsend, nach luft schnappend, auftauchen, stellen sie fest, dass sie überall bluten, wo sie die zähne gespürt haben, und tatsächlich steckt noch der eine oder andere zahn in ihrem fleisch und wird bald eine kette schmücken oder ein armband, und während ihnen langsam die brust schwillt ob des stolzes, der langsam in ihnen aufsteigt, über die bestandene tat, ertönen, mit schrillem pfeifen angekündigt, die o'nggurlle-trommeln, bespannt mit der haut des großen fisches.

da zog etwas an seiner angelschnur. aber es war nur ein pfenff, der, immerhin armlang, immerhin ein gutes abendessen versprach. der schnelle erfolg stimmte uns großzügig. wir zogen die angelruten ein und ergaben uns, der länge nach ausgestreckt, dem süßen nichtstun.

man macht die augen auf und blickt wie in einen unendlichen raum, der nur an den äußersten rändern des blickfelds durch das schaukeln des boots in seiner maßlosigkeit relativiert wird. ein seltsam summender duft hing über dem fluss, golden bis rötlich schimmerte das wasser im sich widerspiegelnden licht der spätnachmittagssonne, wie ein bewegliches mosaik, dessen bunte konturen sich ständig auflösten, neu zusammensetzten, verschwammen, wieder ineinander verschmolzen, als würde ein maler seine farben mischen, als würde ein koch aus bangla ein potpourri aus hundert gewürzen anrichten, um anschließend ein paar garnelen hineinzutunken. nicht mehr und nicht weniger.

bevor wir an land gehen, riss mich melchiors stimme unerwartet aus meinen träumen, möchte ich dir eine geschichte erzählen, die sich, so meine ich, am besten mitten auf dem fluss erzählen lässt. es ist eine stammesgeschichte, und sie soll sich weit oberhalb der stromschnellen zugetragen haben. nicht bei den paakkull, wo ich mich zuletzt aufhielt und bei denen man sie mir erzählte, sondern bei einer anderen gruppe, deren name nichts zum verständnis beiträgt. übersetzt hieße er »wir vom rechten ufer«. bei dieser dorfgemeinschaft lebte ein außergewöhnlicher junger mann. er war der sohn des kurru, wie man das dorfoberhaupt nannte, aber er war nur einer von einem halben dutzend von dessen söhnen, von einer nebenfrau geboren, die ohne einfluss war, wie er selbst auch, da er noch sehr jung war und sich noch keinen ruhm als krieger und damit auch nicht das recht zu heiraten erworben hatte. aber als jäger erwies er sich schon in frühen jahren als einer der besten zu wasser und zu lande, von hier bis zur mündung des schwarzen flusses, der von den nephritbergen herabkommt. da konnte es keiner seiner altersgenossen mit ihm aufnehmen, und selbst die älteren männer, die sehr viel erfahrenere jäger waren, mussten ihm respekt zollen.

seit einiger zeit ging er nur noch allein in den wald. dann blieb er oft mehrere tage und nächte weg, bevor er die beute im morgengrauen mitten auf dem dorfplatz ablegte und wieder verschwand. er wusste, seine anwesenheit würde die anderen jäger in ihrem stolz verletzen, weil nicht sie es waren, die den hirsch oder den alligator erlegt hatten, sondern ein junger schnösel, der noch nicht zu den männern zählte, und weil sie in so einer situation rasch dem spott der alten frauen anheimfielen, die ihnen kichernd und gackernd ihr versagen vorhalten würden und schnell von den schlechten jägern bei den kaum besseren liebhabern angelangt wären, so beließ der junge sohn des kurru seine jagderfolge in der anonymität. der kurru hielt seine tägliche ansprache und konstatierte einmal mehr, dass sich die bewohner des dorfes dank seiner guten beziehungen zu den tiermächten weiterhin deren besonderer gunst erfreuten.

der junge braucht einen namen, unterbrach ich melchiors erzählfluss, solltest du weiter von ihm als protagonisten erzählen wollen. mein kopf hatte bisher nicht über den bordrand hinausgesehen, und ich setzte mich jetzt auf das hintere sitzbrett und bewunderte die farbenpracht des sonnenuntergangs, einer sonne, die bereits mehrmals hinter der silhouette der höchsten urwaldbäume verschwunden und dann doch wieder in leuchtenden crescendi aus deren schattengestalt hervorgebrochen war und jetzt die wasser des flusses mit ihrem blut übergossen hatte. blut des himmels, goldenes blut, ihr kennt es alle, von dem ist noch keiner reich geworden, da niemand weiß, wie man seiner habhaft werden kann.

einen namen, murmelte melchior. ja, er hatte einen namen, den er bei der initiation erhalten hatte, aber er hatte noch nicht den namen des kriegers, der ihm das recht gegeben hätte, zu heiraten und im kreis der erwachsenen männer zu sitzen und das wort zu ergreifen, wenn es um die belange des dorfes ging. doch die unverheirateten mädchen hatten einen namen für ihn, den jede für sich schon mehr als einmal in den wald gerufen hatte, auf ein mitteilsames echo hoffend: sie nannten ihn so-scheu-und-stolz, und die anderen jungen burschen, die in seinem alter waren, hatten einen anderen namen für ihn und nannten ihn, in einer mischung aus missmut, bewunderung und neid, den-schatten-der-nicht-spricht-wenn-er-aus-dem-wald-tritt.

hast du ihn denn persönlich gekannt?, fragte ich etwas ungeduldig dazwischen. melchior unbeirrt: es ist eine geschichte, die ich gehört habe, und ich weiß nicht, wann und wo sie sich zugetragen hat. ich weiß auch nicht, ob sie wahr ist oder erfunden. ich glaube auch nicht, dass das wichtig ist. lass mich die geschichte erzählen, wie sie mir erzählt wurde.

so verbrachte – melchior unterbrach seine rede, er zögerte kurz, fuhr dann fort –, verbrachte der junge sohn des kurru, nennen wir ihn sha'apii, ein jahr in den wäldern und begann sich zu langweilen. eines tages tauchte er dann unerwartet im dorf auf, begrüßte seine mutter und seine beiden onkel, bevor er sich schnurstracks zu seinem vater begab, der gerade beim schamanen zu besuch war, der bekanntlich seine hütte außerhalb des runds der gemeinschaft hat.

es brannte ihm eine frage auf den lippen, und er wollte auch gleich loslegen, aber der vater brachte ihn mit einer heftigen geste zum verstummen. kannst du nicht warten?, besagte die geste, wo ist deine höflichkeit geblieben? sha'apii wusste, dass er falsch gehandelt hatte. er trat von der hütte des schamanen zurück und hockte sich auf die fersen. er musste warten, solange sie es für richtig hielten.

aber es gelang ihm nicht. plötzlich sprang er auf und rief unter das hüttendach: rauch steigt auf, verschiedenfarbener, roter und gelber, dann dunkler rauch, drüben auf der anderen seite.

sha'apiis vater, der kurru, kam aus dem schatten heraus, ohne den schamanen.

sha'apii konnte nicht sehen, was der schamane machte, aber er war zweifellos mit etwas beschäftigt.

komm, sagte sein vater, der kurru, wir gehen jetzt und rufen die anderen, und dann rede: sag, was du gesehen hast.

so geschah es.

wenn am anderen flussufer über einen längeren zeitraum

die feuer brannten und der rauch aufstieg, dann hieß das, so erzählten es sich die alten, so wusste es die tradition, dass schlechte zeiten bevorstanden.

sha'apiis altersgenossen munkelten vom krieg. die von der anderen seite, allesamt kannibalen und frauenschänder, bereiteten sich darauf vor, über den fluss zu setzen und die diesseitigen dörfer zu überfallen und ihrem schändlichen treiben so lange nachzugehen, bis der ruf einer gewaltigen trompete sie zurückholte. und warum die feuer?, wollte sha'apii, der sohn des kurru, wissen. weil ihre krieger, um sich unverletzlich zu machen, jeden tag durch das feuer gingen.

aber wäre es nicht viel klüger, wenn sie keine feuer entzündeten, wenn sie unangekündet herüberkämen und die überraschung nutzten?

es ist zum höheren ruhme ihrer götter, wenn alle wissen, dass sie kommen, sagte der schamane. und dann, nach drei tagen, traf er sich mit dem kurru und den erwachsenen männern, um maßnahmen zu bereden, wie alle meinten, die nicht von anfang an dabei waren, aber was er mitzuteilen hatte, bestand in der guten nachricht, dass es diesmal keinen krieg geben würde. er habe seine schutzgeister als spione über den fluss geschickt und von diesen bei ihrer rückkunft erfahren, dass die tzatzwaa (ein schimpfwort, das die menschen vom anderen ufer verächtlich machen sollte) – es bedeutet mückenschiss, setzte mich melchior bei gelegenheit ins bild – ihre kriegsvorbereitungen abgebrochen hätten, weil ihr oberster schamane, der den kriegszug in seinen visionen vorausgesehen hatte, ganz plötzlich verstorben sei. und da seine geister nicht aktiv geworden seien, müssten die tzatzwaa ihrerseits von mächtigen gegnern aus dem hinterland attackiert worden sein, mit deren angriff ihr schamane nicht gerechnet hatte.

als sich die gute kunde herumsprach und die menschen im dorf wieder frohen mutes waren, war sha'apii der einzige, der miese laune hatte. und ein paar tage später verschwand er wieder aus dem dorf seines vaters, des kurru, in den wald, nicht ohne seinen altersgenossen, mit denen er gerade noch zusammen gewesen war, beim verlassen des lichtungsrunds zuzurufen, er werde über den fluss gehen. er wolle selbst nachsehen, was da drüben für verhältnisse herrschten. auf die visionen des schamanen sei nicht wirklich verlass. und von den anderen, mit denen er gesprochen habe, habe ihm keiner wirklich etwas vernünftiges über die tzatzwaa erzählen können. nur dass sie aus blasrohren giftige pfeile abschossen, gegen die es kein gegenmittel gab, und den toten feinden die knochen zerschlugen, um an das knochenmark zu gelangen, und deren schädel an den haaren an einem baum in der mitte ihres dorfes aufhängten, wo schon hunderte von schädeln hingen. und dass dieser schädelbaum dem gott der ersten dinge geweiht war, mit dem die urahnen durch das land zogen, aus dessen tier- und pflanzenwelt er sie hatte hervorgehen lassen, jenem gott, der auch der gott des letzten endes sein würde, wenn die übrig gebliebenen clanmitglieder sich in jene tiere zurückverwandeln würden, aus denen ihre clans hervorgegangen waren, in einer zeit, als die tiere noch menschen waren. für den jungen mann war dies nichts wirklich neues, denn so ähnlich erzählten es auch die eigenen schamanen. was war es dann, fragte er sich, warum sie so gefürchtet waren, was machte menschen, denen wir den spottnamen tzatzwaa gegeben hatten, so außergewöhnlich, dass alle vernünftige rede ob der bedrohung, die sie darstellten, verstummte?

das war für eine sehr lange zeit das letzte, was man in seinem dorf von sha'apii, dem sohn des kurru, sah und hörte.

melchior machte eine pause. er schöpfte etwas wasser mit seinem hut und goss es sich über den kopf. völlig unerwartet schnellte in vielleicht zwanzig metern entfernung ein ziemlich großer fisch aus dem wasser, machte einen satz vorwärts und verschwand wieder in den fluten. hinter dem ist ein noch größerer her, meinte melchior, aber sosehr wir uns auch anstrengten, wir konnten nichts entdecken.

dieser junge bursche, sagte er dann und fuhr fort, hatte ein herz wie ein roter tiger, und wenn sich erst einmal ein gedanke in seinem kopf festgesetzt hatte, konnte ihn nichts mehr davon abhalten, diesen in die tat umzusetzen. und darüber hinaus war er wissbegierig – oder einfach nur neugierig. er hatte vor nur wenigen dingen angst – blitz und donner gehörten dazu.

also besorgte er sich ein boot und fuhr über den fluss.

er entdeckte einen pfad, dem er folgte und der ihn zum nächsten dorf der tzatzwaa führte. es war noch früh am tag, viel zu früh für größere aktivitäten, und so gelang es ihm, unbehelligt bis in die mitte des platzes zu gelangen, wo er waffen, schmuck und kleidung ablegte und der dinge harrte, die geschehen würden.

so hat man es mir erzählt. nein, sagte melchior, so haben es sich die paakkull untereinander erzählt, und ich habe zugehört und das eine oder andere aufgeschnappt. und habe mir dann das meine gedacht. aber von dem, was geschah, als sha'apii bei den tzatzwaa erschien, vor allem aber, was fortan mit ihm war, weiß außer ihm und den tzatzwaa niemand etwas, denn als er zurückkam von der anderen seite des flusses, schwieg er. später sickerten vereinzelte nachrichten durch, als prospektoren für kurze zeit bis ins gebiet der tzatzwaa vordrangen, die ein paar paakkull dabeihatten in der hoffnung, sie könnten dolmetschen. bekanntlich ist der wahrheitsgehalt solcher nachrichten nicht sonderlich groß, und ich habe nie sehr viel darauf gegeben.

er kam zurück in dem jahr, als die sternschnuppen fielen. sein vater war gestorben, und ein anderer war anführer geworden. einer von seinen brüdern und eine von seinen schwestern waren gestorben. seine mutter war noch am leben, und der schamane saß in seiner hütte und sagte, als er ihn sah: ich habe dich erwartet, tzatzwaa.

kurz vor seinem tod ließ sich tzatzwaa, der nach seiner rückkehr ein ganz normales leben geführt hatte, wie man es von einem paakkull erwarten mochte, in die mitte des platzes tragen, wo er seinen speer in die luft stieß und dann in den boden rammte und mit lauter stimme verkündete, er habe etwas zu sagen, bis sich alle dorfbewohner um ihn versammelt hatten. mit hilfe des speers richtete er sich auf, ritzte sich mit einem dornenkratzer die brust und spritzte sein blut in die vier kardinalrichtungen. dann rief er die geister des flusses und die geister des waldes mit namen und sang deren gesang, der der gesang seines kommenden todes war, und als er damit zu ende war, schwieg er. doch die männer und frauen um ihn herum stöhnten und seufzten lauthals. schließlich sagte er: ein mann namens sha'apii ging über den fluss, weil er neugierig war und wissen wollte, was auf der anderen seite war, welche menschen dort lebten und ob das alles stimmte, was man sich von ihnen erzählte. so blieb er bei ihnen seine zeit und befolgte, was sie ihn lehrten, nahm die drogen, die sie ihm reichten, bis er vergessen hatte, weshalb er und woher er gekommen war. nur in seinen träumen träumte er recht oft von einem jungen mann, der ihm fremdartig vertraut schien und den er über den fluss paddeln sah. noch mehr zeit verging, als er eines tages ans flussufer ging und hinübersah auf die andere seite, wo menschen lebten, die bei den tzatzwaa schlammbeißer hießen. er blieb am rand des wassers, bis die nacht hereinbrach, und in diesen stunden grübelte er und fragte sich, was das wohl für menschen wären auf der anderen seite. viele von ihnen sahen wochen danach eine feurige zunge vom himmel herab über den wald hinlecken, bevor sie jenseits des flusses in den bäumen verschwand, wo sie zu einem grellen feuerball wurde, dessen lauter explosionsknall sie alle sekunden später das fürchten lehrte. noch nach tagen brannte das feuer auf der anderen seite des flusses, und der mann lag in seiner hängematte und konnte nicht schlafen, bis er eines nachts aufstand, das dorf verließ, ohne dass ihn jemand bemerkt hätte, an den fluss ging und sich ein boot nahm, um hinüberzufahren. und so kam der mann zurück, weil er wissen wollte, wie das war auf der anderen seite des flusses und was es mit dem feuerball auf sich hatte, hier im land der schlammbeißer.

tzatzwaa warf einen langen blick in die runde.

ich gehe jetzt in ein neues land, das ich noch nicht kenne, aber wenn es stimmt, was der schamane erzählt, dass darin ein mächtiger strom fließt mit dörfern auf beiden seiten, dann weiß ich, was ich tun werde.

melchior sah hinüber, wo in dem dunstschleier, der sich am späten nachmittag über den fluss legte, das andere ufer nur noch als schattenriss zu sehen war, aus dem lediglich die höchsten bäume herausragten.

das war doch der einschlag eines meteoriten, der vor, ich weiß jetzt gar nicht mehr, wie vielen jahren den leuten hier ganz schön angst gemacht hat. und zwar allen. ich sah melchior fragend an.

das war die geschichte, meinte er achselzuckend. ach so, am tag nach tzatzwaas tod erschien eine flotille von zwanzig mit bewaffneten, federgeschmückten und bemalten kriegern bemannten einbäumen an unserem ufer und verlangte die herausgabe seines leichnams. was blieb uns schon übrig? sie fuhren mit ihm zurück. der fluss aber schwieg.

ich glaube, es war etwa einen monat später, als melchior ins HOTEL kam und nach mir fragte. ich werde gehen, sagte er, morgen oder übermorgen. mir war nichts von der ankunft eines bootes bekannt, und auch der könig, der die zeiten aller anlegenden und abfahrenden boote im kopf hatte, wusste nichts davon.

wie willst du denn von hier wegkommen?, fragte ich etwas ungläubig.

du wirst sehen.

und ich sah.

ich sah eine flotille von zwanzig oder mehr booten, manche waren mit außenbordmotoren versehen, die meisten schlichte einbäume mit voll herausgeputzten und bewaffneten kriegern an bord, die in die kleine uferbucht eingefahren waren.

ich sah, wie melchior in ähnlicher aufmachung, allerdings unbewaffnet, den hang hinabging, von einem mann im vordersten boot begrüßt wurde. als er an bord ging, blickte er noch kurz zurück, wandte sich dann aber ab.

ich sah die boote, über dem fluss schwebend, als hätten sie das wasser verlassen, im gleißenden sonnendunst verschwinden.

und ich sah augenblicke später einen arllt springen, so groß und mächtig, wie ich noch nie einen gesehen hatte.

hr steht hier rum und feiert
ınd ich
ıabe heute nacht meine
reundin verloren

unscharfes leiden eines trinkers

ARNE RAUTENBERG

ihr steht hier rum und feiert und ich
habe heute nacht meine freundin verloren
hat sich umgebracht
und deswegen besauf ich mich heute
meine conni
meine conni ist tot hat sich einfach umgebracht
ich versteh das nicht
warum tut ein mensch das
conni meine conni die ich so liebe
drei jahre waren wir zusammen
ich habe sie geliebt meine conni
meine liebe conni und ihr steht hier
und versteht das nicht und ich versteh das auch nicht
vor zwei tagen hat sie sich umgebracht
wollt ihr wissen wie sie das gemacht hat
wie meine susi sich umgebracht hat?
sie hat sich die pulsadern
aufgehängt hat sie sich meine conni
hing da am nagel
in der badewanne zehn jahre
war sie meine freundin
ich bin so fertig

ich kann nicht mehr
was soll jetzt aus mir werden ohne meine conni
stört es euch wenn ich rauche
ich schieß mich weg ich schieß mich ab
heute ich besauf mich
was soll ich nur tun letzte nacht
vor zwei tagen hat sich meine conni umgebracht

Wie ein Spiegel lie
Meer vor Lampedu
diesem Julitag. Di
ßende Sonne bren
erbittlich vom wol
sen Himmel.

An die Grenzen gestoßen

GILLES RECKINGER | DIANA REINERS

Wie ein Spiegel liegt das Meer vor Lampedusa an diesem Julitag. Die gleißende Sonne brennt unerbittlich vom wolkenlosen Himmel. Am späten Nachmittag werden die Schatten länger, aber die Sonne lässt die Luft über dem Asphalt der schattenlosen Straße immer noch flimmern. Schwitzend schieben wir uns zu Fuß vom Dorf zum Fischerhafen, in der Hoffnung, dass an der Küste eine leichte Brise weht. Selten war uns so klar, warum die Bewohnerinnen und Bewohner der kleinen, neun Kilometer langen Insel jede noch so kurze Strecke mit dem Auto zurücklegen. Nicht einmal die Straßenhunde verlassen ihre schattigen Rückzugsplätze.

Auf der gegenüberliegenden Seite der Promenade, die sich am Fischerhafen entlangzieht, auf einer staubigen Freifläche, liegen zwei Fischerboote mit arabischer Aufschrift auf der Seite und verrotten langsam vor sich hin. Lange Jahre waren sie die einzigen Flüchtlingsboote, die so ins Auge fielen, denn von der Küstenwache beschlagnahmte Boote wurden auf einem abseits gelegenen Bootsfriedhof im Inselinneren gelagert. Erst seit der tunesischen Revolution haben sich ihnen neben dem Fußballplatz etliche morsche Flüchtlingsboote zugesellt. Um sie herum sammelt sich Müll.

Auf der Promenade erinnern nur Lack- und Ölflecken auf dem Pflaster daran, dass die *lampedusani* hier im Winter ihre Boote zur Reparatur aufbocken. Mit Absperrbändern hat eine improvisierte Auto- und Motorrollervermietung den freien Platz erobert. Zwischen Restaurantterrassen zwängen sich alte Citroën Méhari mit Stoffbaldachin durch die geparkten Autos.

Wir gelangen zu Domenicos Bar del Porto, die das ganze Jahr über geöffnet hat, schon ab fünf Uhr morgens, denn die Fischer trinken hier gewöhnlich ihren ersten Kaffee, wenn sie ihren Fang beim Fischhändler im Nachbargebäude ausgeladen haben. Neben dem Plastikvordach macht heute ein Musiker mit einer E-Gitarre den Soundcheck seines Mikrofons und Gitarrenverstärkers, er wird wohl am Abend auftreten. Die Fetzen angespielter italienischer Popmusik werden vom Knattern der vorbeifahrenden Motorroller übertönt. Von der anderen Straßenseite, neben schreiend bunten Werbetafeln, preisen Fischer, die im Sommer als Touristenführer arbeiten, den vorbeifahrenden Urlauberinnen und Urlaubern Tagesrundfahrten auf ihren Booten an. Der Tourismus verleiht der Insel, die im Winter so karg und eintönig ist, in den Sommermonaten einen grellen Anstrich.

Sobald er uns erblickt und noch bevor er uns gefragt hat, ruft Domenico, wie immer hinter der Kasse, »*Due caffè!*« zu Franco an der Bar hinüber. Er weigert sich, dafür Geld anzunehmen. Er ist gut gelaunt, aber Zeit für ein Gespräch hat er heute nicht, die Kunden warten. Franco wirft zielsicher kleine Löffel auf die Untertassen und schiebt uns zwei Espressotassen über den Tresen. Er nickt uns kurz zu, dreht sich wieder um, schlägt den Kaffeesatz in eine Schublade und füllt das Kaffeesieb neu. In den Sekunden, in denen er auf die Maschine wartet, wischt er sich mit der Schulter seines Polohemdes den Schweiß von der Schläfe.

Es herrscht Hochbetrieb, alle Tische unter dem Vordach sind voll besetzt, aber Franco beschwert sich nicht über das Arbeitspensum. In den Sommermonaten sichern die *lampedusani* ihr Auskommen für das ganze Jahr. Der Tourismus ist die Haupteinnahmequelle der Insel, und im Winter erreicht die Arbeitslosigkeit achtzig Prozent. Viele Jugendliche brechen die Schule ab, weil sie auf ihrer Insel keine Perspektiven auf qualifizierte Jobs haben.

Eine junge Aushilfe stellt uns zwei Einwegbecher hin, die sie mit Wasser aus einer vor Kälte beschlagenen Plastikflasche füllt – eine selbstverständliche Geste, obwohl Wasser auf Lampedusa nichts Selbstverständliches ist. Es gibt keine Quelle auf der Insel, Trinkwasser wird in Flaschen mit der Fähre aus Sizilien importiert, denn das Leitungswasser aus der Meerwasserentsalzungsanlage ist schal und ungenießbar. Wir verabschieden uns und fädeln uns wieder hinaus, durch die sonnengebräunten Touristen in Badeshorts, die Frauen in Bikinis und kurzen Strandkleidern. Die meisten sind aus Norditalien gekommen, um hier unbeschwert das türkisfarbene Meer und die afrikanische Sonne zu genießen.

Die Militärmole, an der kaum hundert Meter vom Strand entfernt die Flüchtlinge an Land gebracht werden, liegt an diesem Nachmittag ruhig da. Ein am Kai vertäutes Schiff der Küstenwache schaukelt leicht im Fahrwasser ein- und ausfahrender Ausflugsboote. Fast könnte man vergessen, dass auf Lampedusa jährlich zehntausende Flüchtlinge ankommen, die aus Seenot gerettet wurden.

Doch genau die rufen sich heute vehement in Erinnerung. Von der Straße, die zum Erstaufnahmelager im Landesinneren führt, nähert sich eine Menschenmenge dem Hafen. Es sind an die hundert schmale junge Männer und Frauen mit dunkler Haut. Die meisten tragen das gleiche weiße T-Shirt, das alle Bootsflüchtlinge bei ihrer Ankunft im Erstaufnahmelager bekommen, manche aber ihre eigene Kleidung, andere Jogginghosen und Jeans aus Kleiderspenden. Sie gehen in Reihen und halten sich an den Händen. Um den Hals tragen sie Rosenkränze aus weißem Plastik, die vor einigen Wochen beim Besuch von Papst Franziskus in Lampedusa verteilt worden sind. Im Schritttempo fährt eine Polizistin im schwarzen Auto der *carabinieri* hinter dem Demonstrationszug, ihr Kollege geht neben ihnen her. In der Hitze trägt er die steife dunkle Schirmmütze und die lange schwarze Uniformhose mit roten Streifen, über dem Kragen des hellblauen Hemdes stehen Schweißperlen in seinem Nacken. Wie sein Äußeres ist auch seine Haltung: Mit freundlicher Korrektheit regelt er den Verkehr, hält die Autos an, geleitet den Demonstrationszug durch die stehenden Fahrzeuge. Ruhig ziehen die Flüchtlinge an den Wartenden vorbei. In rhythmischen Abständen rufen sie einen für uns rätselhaften Slogan: *No fish, no fish!* Manche haben die Buchstaben *NO* auf ihr T-Shirt geschrieben. Wir schließen uns der Demonstration an. Wir wollen herausfinden, was ihr Anliegen ist. »*No fingerprints*«, sagt ein Mann uns im Weitergehen. Sie kommen alle aus Eritrea und sind vor drei Tagen in Lampedusa an Land gebracht worden.

An der engsten Stelle der Straße, an einer Kreuzung, entsteht ein Stau. Touristinnen und Touristen beäugen aus einiger Entfernung neugierig die Szene. Eine Strandurlauberfamilie, die der Demonstration entgegenfährt, gafft die Flüchtlinge ungeniert aus nächster Nähe durch die offenen Autofenster an. Die Töchter fotografieren sie mit dem Handy, als handle es sich um eine touristische Attraktion. Ein dicker Mann steht mit nacktem Oberkörper am Straßenrand, das Badehandtuch über die Schultern gehängt, stemmt die Arme in die Hüften und verfolgt das Geschehen mit einer Mischung aus Missbilligung und voyeuristischer Lust. Ein Paar mittleren Alters auf einem Motorroller, der in der Menge stecken geblieben ist, blickt betroffen. Selbst sie stellen keine Fragen, bekunden kein Verständnis. Auf der anderen Seite, in Gehrichtung des Zugs, stehen mehrere Einheimische mit ihren Autos im Stau, es wird gehupt, geflucht und gestikuliert.

Einer von ihnen ist Aldo, unser Vermieter. Offensichtlich ist er privat unterwegs, denn statt mit seinem neuen klimatisierten Wagen, mit dem er im Sommer die Gäste von der Fähre oder vom Flughafen abholt, fährt er heute seinen klapprigen alten Kombi. Wir kennen ihn seit unserer ersten Reise nach Lampedusa. Er war zu einem wichtigen Türöffner und Freund geworden, der für unsere Forschung großzügig Kontakte herstellte, Freundschaftspreise aushandelte, ganze Nachmittage mit uns herumfuhr und uns sogar sein Auto borgte. Was Aldo auszeichnet, ist seine spöttische, nicht uneitle, aber selbstironische Gelassenheit, die dem drahtigen Fünfzigjährigen eine gewisse jugendliche Coolness verleiht. Nie zuvor haben wir ihn so aufgebracht gesehen. »*Tutti a casa!* – Geht doch nach Hause!«, schreit er den Demonstrantinnen und Demonstranten entgegen. Mit dem Arm aus dem offenen Autofenster macht er eine abfällige Geste. Plötzlich haben wir das Gefühl, zwischen den Fronten zu stehen, so, als sei aus dem Nichts eine Front entstanden.

Seit Beginn unserer Forschung in Lampedusa hat uns der Begriff *clandestini* irritiert, mit dem die meisten *lampedusani* die Bootsflüchtlinge bezeichnen. Der Begriff zeugt nicht von großer Zuneigung, denn er verweist pejorativ auf eine heimliche Einreise und macht die über das Meer Gekommenen zu »illegalen Einwanderern«. Nur wenige, die sich bewusst für die Migrantinnen und Migranten einsetzen, benutzen andere Bezeichnungen, wie »*profughi*« – Flüchtlinge –, aber auch, in Abgrenzung zu *clandestini*, »*gli africani*«, wobei dieser Begriff ebenfalls pauschalisiert, weil er generell auf Menschen dunkler Hautfarbe gemünzt ist.

Zu den tunesischen *harragas*, die vor allem 2011 nach Lampedusa kamen – meist junge Männer, die aus Mangel an Perspektiven ihr Herkunftsland verließen –, hatten die *lampedusani* ein eher nachbarschaftliches als ablehnendes Verhältnis, waren doch viele von der Insel selbst einmal nach Tunesien emigriert und gab es doch lange Beziehungen zwischen den Fischern. Die generelle Verwendung des Begriffs *clandestini* spiegelt aber, dass sich die Vorsicht, mit der lampedusanische Fischer Schiffbrüchigen bis vor Kurzem begegnen mussten, um nicht mit dem italienischen Gesetz in Konflikt zu kommen und der Schlepperei bezichtigt zu werden, tief ins kollektive Bewusstsein eingeschrieben hat. Trotzdem halten die *lampedusani* in ihren Narrativen, ihren Geschichten und Erlebnissen, die Pflicht zur unmittelbaren Solidarität, Nothilfe und zur Gastfreundschaft hoch. Diese Werte prägen die Inselgesellschaft nach wie vor und sind für die Menschen auf Lampedusa überlebenswichtig. Der Spagat zwischen den von Politik und Medien beförderten Diskursen über Illegalisierung und Kriminalisierung der Flucht einerseits und dem Gebot der Hilfeleistung und Aufnahme andererseits scheint nun, angesichts der friedlichen Demonstration der Flüchtlinge aus Eritrea, zu kippen und in pauschale Ablehnung umzuschlagen.

Mit den Demonstranten folgen wir der ansteigenden

Straße, die zum Strand führt. Oben vom Hügel bietet sich ein bizarres Bild. Gleich unterhalb der Straße, auf der die Flüchtlinge für ihre Rechte demonstrieren, stehen in Reihen, dicht an dicht, Sonnenschirme und Liegestühle im Sand. Das ausgelassene Quietschen der planschenden Kinder mischt sich mit den Rufen der Demonstrantinnen und Demonstranten. Die Sonnenbadenden nehmen nicht die geringste Notiz von dem, was auf der Straße direkt hinter ihnen vor sich geht.

Die Gruppe muss kehrtmachen, weil die Polizei die Straße gesperrt hat, damit der Verkehr nicht weiter behindert wird. Wir sind nun am Anfang des Zugs und blicken den Menschen ins Gesicht, so ist es leichter, mit den neben uns Gehenden Kontakt aufzunehmen. Die jungen Frauen reagieren eher verschlossen, schütteln den Kopf und gehen weiter. Wir treffen auf einen jungen Mann, der Englisch spricht. Er erklärt uns die Parole *No fish*: So wie die Fische des Meeres keine Namen haben, so wollen auch die Flüchtlinge nicht ihre Identität bekannt geben, damit sie nicht in Italien bleiben müssen. Sie wollen nach Dänemark oder Schweden weiterreisen, wo viele von ihnen Verwandte haben. Sobald ihre Fingerabdrücke in Italien registriert sind, das wissen sie, ist Italien als Ersteinreiseland für ihr Asylverfahren zuständig – wie es das Dubliner Abkommen vorsieht. Auf halbem Wege zurück zum Hafen wird die Demonstration angehalten. Ein Zivilbeamter stoppt die Eritreer und fordert die Sprecher auf, ihre Leute dazu zu bringen, sich ruhig auf die Straße zu setzen. Nach und nach setzen sich die Flüchtlinge in einem Halbkreis um die stehenden Männer.

Ein junger, braun gebrannter *lampedusano*, dessen im Stil eines Piratenschiffes gestrichenes Ausflugsboot unmittelbar neben den Demonstrierenden am Kai liegt, springt auf die Straße und schreit aufgebracht gestikulierend in sizilianischem Dialekt auf die Eritreer ein: »Wenn ihr alles aufhaltet und keine Kunden mehr vorbeikommen, kann ich morgen nicht aufs Meer hinausfahren! Ich arbeite hier!« Ein älterer, massiger Fischer will ihn beruhigen, aber der junge Mann macht seinem Ärger weiterhin lautstark Luft. Zwei andere ältere Männer reden väterlich auf ihn ein.

Der Konflikt entzündet sich daran, dass die Migrantinnen und Migranten, die für gewöhnlich durch eine ganze Maßnahmenkette wirksam von der Schauseite der Insel ferngehalten werden, ausgerechnet hier, auf dem Marktplatz des Tourismus, den Verkehr blockieren, ausgerechnet hier, wo die Einheimischen in Konkurrenz stehen um die Kundinnen und Kunden, die ihr Einkommen ausmachen. Dass in einer solchen Situation ein Konflikt als potenziell existenzbedrohend wahrgenommen wird und eine entsprechend heftige Abwehr hervorruft, ist aufgrund der wirtschaftlichen Prekarität, der viele *lampedusani* ausgesetzt sind, nachvollziehbar. Aber er deutet auch auf eine tiefer liegende Ebene der Hierarchisierung hin: auf die Vorstellung, dass die einheimischen Geschäftstreibenden gegenüber den Migrantinnen und Migranten ein Vorrecht auf den öffentlichen Raum und vor allem auf die Definitionsmacht über die Repräsentation des öffentlichen Raums besitzen. Die Straße entlang des Fischerhafens ist zur Hochsaison kein politischer, sondern ein ökonomischer, den Regeln touristischer Ästhetisierung unterworfener Raum. Das Bekunden politischer Forderungen stört den bewusst entpolitisierten, auf Vergnügen ausgerichteten Charakter der Freizeitdienstleistungen, die die Einheimischen hier anbieten.

Die angespannte Situation lockert sich, als die Demonstrantinnen und Demonstranten aufgefordert werden, sich statt auf der Fahrbahn in einer Überholbucht an der engen Straße auf den Boden zu setzen. Auf dem Felsen oberhalb der Straße haben sich ein paar Schaulustige auf Motorrollern einen Logenplatz gesichert und verfolgen den Ausgang des Geschehens. Inzwischen sind Vertreterinnen und Vertreter des Roten Kreuzes, des Erstaufnahmelagers und einer Kinderrechts-NGO eingetroffen, die Bürgermeisterin ist ebenfalls gekommen und telefoniert gleichzeitig mit zwei Mobiltelefonen. Alle sprechen aufgeregt durcheinander.

Auch wir setzen uns zwischen den Flüchtlingen auf den Boden. Die Männer um uns herum, die uns vielleicht bis jetzt für Angehörige einer Institution gehalten haben, werden auf uns aufmerksam, und wir kommen ins Gespräch. Neben uns sitzt Yonas, ein promovierter Biologe, der sehr gut Englisch spricht. Wir fragen ihn nach den Motiven, Eritrea zu verlassen und sich auf eine lebensgefährliche Reise zu begeben. »In unserem Land gibt es keine Freiheit«, sagt er. Und dass einige aus seiner Familie in Dänemark leben. Wir fragen ihn auch nach den Forderungen der Gruppe. Sie seien alle gemeinsam auf einem Boot gekommen, erklärt ein anderer Mann. Sie wollten nicht getrennt und auf verschiedene Identifikations- und Abschiebezentren in ganz Italien verteilt werden. Als Gruppe seien sie stärker denn als Einzelne. Ihr Ziel sei es, als Gruppe zusammenzubleiben und gemeinsam ihren Weg nach Dänemark fortzusetzen.

Wir sind bestürzt, wie wenig die Flüchtlinge über die Bedingungen des Asylverfahrens aufgeklärt wurden. Immer wieder übersetzt einer der jungen Eritreer, die sich als Sprecher der Gruppe herauskristallisiert haben, die Erklärungen der Institutionen. Daraufhin brechen laute Diskussionen los. Nach langen Verhandlungen und vielen Telefonaten meldet sich die Bürgermeisterin zu Wort. Sie habe aushandeln können, dass die Gruppe gemeinsam nach Sizilien verlegt werde. Sie wolle außerdem erwirken, dass die Flüchtlinge ihre Fingerabdrücke erst im Identifikationszentrum auf Sizilien abgeben müssen.

Die Demonstrantinnen und Demonstranten um uns herum wirken erleichtert. Der Polizist in Zivil setzt durch, dass die Demonstration im Gegenzug für den ausgehandelten Kompromiss sofort aufgelöst werden muss. Nach und nach erheben sich die Flüchtlinge, stehen zusammen und diskutieren, andere gehen in Richtung Dorf. Auch wir verabschieden uns von Yonas und seinen Freunden, um noch mit der Bürgermeisterin und den Vertreterinnen und Vertretern der NGOs zu sprechen.

Auf dem Weg zurück ins Dorf beschäftigen uns viele Fragen. Wir sind erstaunt, dass es den Flüchtlingen allein mit friedlichem Protest gelungen ist, Polizeiverbände, die Lokalpolitik und die mit den Flüchtlingen befassten Institutionen zu Verhandlungen zu bewegen. Dabei spielten Zeit und Ort den Demonstrantinnen und Demonstranten in die Hand, denn der Druck auf die Bürgermeisterin ging vor allem vom drohenden Unmut der *lampedusani* aus, denen sie per Mandat verpflichtet ist und deren Angst um die Einnahmen aus dem Tourismus sie an die Regionalpolitiker weitergeben konnte. Ob die Eritreerinnen und Eritreer allerdings ihr Ziel erreichen werden, gemeinsam nach Skandinavien weiterzureisen, ohne in Italien als Asylsuchende registriert worden zu sein, ist fraglich. Hat man sie sie erst nach Sizilien oder auf das italienische Festland verlegt, liegt die Entscheidung über ihren Verbleib nicht mehr in der Hand lokaler staatlicher Akteurinnen und Akteure, sondern im Ermessen weit entfernter, entpersonalisierter Behörden, die ungeachtet einzelner Schicksale europäische Abkommen umzusetzen haben.

Besonders aber die scharfe Ablehnung, mit der Aldo auf den friedlichen Demonstrationszug reagierte, lässt uns nicht los. Aldo hat keine direkten Auswirkungen der Demonstration auf seine Existenz zu befürchten. Er ist beim Elektrizitätswerk der Insel fest angestellt, und sein Nebenerwerb der Vermietung von Ferienwohnungen gerät durch die Flüchtlinge nicht in Gefahr. Angesichts der voyeuristischen Anziehung, die sie offensichtlich auf die Touristinnen und Touristen ausüben, scheint die Anwesenheit der Flüchtlinge sich paradoxerweise in eine touristische Ressource verwandelt zu haben. Im Laufe der Jahre ist Lampedusa so von einem unbekannten Felsen im Meer zu einer weltbekannten Ikone geworden.

Aldos Abwehr wurde dadurch ausgelöst, dass die Flüchtlinge nicht, wie gewohnt, als einer Notsituation entronnene Opfer in Erscheinung traten, der die *lampedusani* mit Mitleid, Hilfeleistung und Solidarität begegnen konnten.

In unzähligen Schattierungen haben uns die Inselbewohner davon in den letzten Jahren berichtet. Ihre Solidarität mit den Flüchtlingen speist sich aus der Identität der Inselgesellschaft als kleine und vom Festland vergessene Gemeinschaft, die sich als Opfer und Spielball internationaler Politiken wahrnimmt. Im Narrativ der großzügigen, interessenfreien Gastfreundschaft gegenüber den Schiffbrüchigen können sich die *lampedusani* als edle Retter begreifen und darstellen, die freimütig ihre wenigen Ressourcen mit den Ärmsten teilen. Die Orientierung an traditionell verankerten Werten und höchsten christlichen Tugenden – Bescheidenheit und *caritas* – bietet ein befriedigendes Selbstbild, im Gegensatz zum allgegenwärtigen Mangel und Rückstand in vielen Bereichen des öffentlichen Lebens, über die die *lampedusani* täglich klagen.

Damit werden die Migrantinnen und Migranten aber

auf eine passive Opferrolle festgeschrieben. Der Ort, der ihnen in der gesellschaftlichen Ordnung zugedacht wird, ist von außen strukturiert und bietet so gut wie keine Handlungsspielräume. Mit professioneller Routine werden die Menschen, die aus den unterschiedlichsten Ländern des afrikanischen Kontinents migriert sind, mit den Search-and-Rescue-Schiffen der Marine an Land gebracht, zu einem bereitstehenden Bus des Erstaufnahmelagers geleitet, Verletzte und Geschwächte auf Tragen zum Krankenwagen gebracht. Ohne Blaulicht und Sirene transportiert man sie ins Erstaufnahmelager oder ins Polyambulatorium, wo sie verwaltet, versorgt und medizinisch betreut werden. Das Gesetz sieht vor, dass sie nach längstens zweiundsiebzig Stunden in eines der sogenannten Identifikations- und Abschiebezentren nach Sizilien oder auf das italienische Festland verlegt werden müssen, wo ihr Asylverfahren eingeleitet wird. Sie bleiben also nicht auf der Insel. Lampedusa ist nur ein Transitort.

Während des Aufenthalts auf Lampedusa dürfen die Flüchtlinge zwar tagsüber das Lager verlassen, aber da sie zu Fuß unterwegs sind und meist nur über wenig Geld verfügen, verbringen viele ihren Tag mit Spaziergängen in kleinen Gruppen entlang der Via Roma, der Hauptstraße des Dorfes. Dass die eritreischen Flüchtlinge nun auf einmal als Menschenmenge sichtbar werden, aus der ihnen zugedachten Opferrolle heraustreten und als politische Subjekte agieren, stellt das Gefüge der sozialen Ordnung in Frage. Mit der Anthropologin Mary Douglas gedacht, wird alles, was nicht an seinem Platz ist, nicht nur als Irritation, sondern auch als Gefährdung erlebt.

An den Abgrenzungen, die durch die Erschütterung dieser Ordnung zutage treten, wird deutlich, dass die europäischen Gesellschaften die Migrantinnen und Migranten nicht als gleichberechtigte Akteurinnen und Akteure betrachten, die wie die eigenen Staatsbürgerinnen und Staatsbürger politische Rechte geltend machen können. Sie werden geduldet und akzeptiert, solange sie – durch institutionelle Dispositive, Identifikationstechniken und Registrierungen verwaltet und erfasst – sprachlos und untergeordnet bleiben, Subalterne, die von der humanitären Geste der »Aufnahme« abhängig sind.

Wie stark sich die kolonialen Herrschaftsbeziehungen zwischen Europa und – in diesem Fall – Eritrea in das Bewusstsein und die Praxis der Beherrschten eingeschrieben haben, wird uns bewusst, als wir durch eine Seitengasse zur Kirche gelangen. Es ist sechs Uhr geworden, und die kleinen Gruppen der Demonstranten haben sich hier, auf dem Kirchplatz, eingefunden.

Unter Aufsicht der *carabinieri* stehen sie auf dem Vorplatz der Kirche, die Blicke auf das Gebäude gerichtet. Auf der Treppe zur etwas erhöhten Vorhalle steht ein älterer Mann aus der Gruppe und hält eine predigtähnliche Ansprache. Dann beten sie gemeinsam. Als das Gebet beendet ist, löst die Gruppe sich langsam auf. Zwei junge Männer bleiben noch. Sorgfältig kehrt der eine die blanken Steinfliesen der Vorhalle mit einem Besen.

Die Wiederherstellung von Sauberkeit zeigt, dass die Flüchtlinge darum bemüht sind, die Spuren zu beseitigen, die durch ihre Anwesenheit im öffentlichen Raum entstanden sind. Sie reagieren damit auf die subtile Grenzziehung, die ihr kollektives Auftreten als Störung markiert. Sie erkennen damit die Strukturen der gesellschaftlichen Ordnung an, innerhalb derer sie versuchen, ihrer Stimme Gehör zu verschaffen. Die Einwilligung in die Strukturen der sozialen Welt, die sie den Beherrschten und Unterlegenen zuordnet, und die Annahme ihres Platzes im sozialen Gefüge ist mit einer paradoxen Anerkennung seitens der Herrschenden verzahnt – Pierre Bourdieu hat in *Praktische Vernunft. Zur Theorie des Handelns* auf diesen Zusammenhang hingewiesen. Die Akzeptanz ihrer Anwesenheit ist letztlich an ihre Einwilligung in die passiven Positionen subalterner Opfer gebunden. Selbst wenn sie als Kollektiv ihre Rechte einfordern und bis zu einem gewissen Grad auch durchsetzen können, bleibt doch unterschwellig das Bewusstsein für die Grenzüberschreitung, die Schwellensituation dieser politischen Subjektwerdung, die nach einer ausgleichenden Wiederherstellung von Reinheit und Ordnung verlangt.

er Regen malte groß
Windschutzscheibe

Fireballs

VIOLA ROHNER

Der Regen malte große, flache Sterne auf unsere Windschutzscheibe. Einen neben dem andern. Und einer neben dem andern, der wieder zerfloss. Keiner von uns sagte ein Wort. Nur einmal vernahm ich Nats Stimme, die leise die Sekunden zählte zwischen Blitz und Donner. Aber wir fürchteten uns nicht, nicht vor dem Blitz.

Nats rechte Hand löste sich vom Steuerrad und legte sich auf meine linke. Sie war feucht und klebrig. Ich fror, und Nat schwitzte. Langsam drehte ich meine Hand und griff zwischen seine Finger. Ich drückte sie leicht und spürte, wie Nat mit derselben Stärke zurückdrückte und wie etwas von unserer Anspannung durch unsere Finger entwich.

Wenn das Gewitter vorüber ist, werden wir das Haus sehen, sagte ich. Wir werden endlich das Haus sehen, wiederholte ich. Aber Nat antwortete nicht. Später streckte er seinen Arm aus und zeichnete mit einem Finger die Umrisse eines Hauses auf die Windschutzscheibe. Da, sagte er, da ist es. Er hatte ein schönes, großes Farmhaus gezeichnet, mit einem ausladenden Dach und einer Scheune direkt neben dem Haus. Davor hatte er Hunde und Katzen und Kühe und ein Pferd mit einem sehr langen Schweif gemalt. Sie sehen alle aus wie in *Robins Farmhaus*, sagte ich, und Nat nickte zufrieden. Aus *Robins Farmhaus* hatte uns unsere Mutter immer vorgelesen, als wir noch klein waren.

Ich schloss die kleine Fensteröffnung neben mir. Der Regen prasselte nun seitlich gegen den Wagen. Nat wollte ihn schonen. Er gehörte jetzt uns. Er sollte nicht nass werden. Dann hörten wir *Trolley Fox*. Das erste Lied und das fünfte vom zweiten Album und dann nochmals die ganze CD. Die Stimme von Ernestine Khane blieb im Inneren des Wagens gefangen. Sie raste gegen die beschlagenen Fenster und gegen den Regen und von da zurück zu unseren Ohren. Aber ich sagte nicht: Nat, mach die Musik bitte leiser, sie ist viel zu laut. Ich sagte nichts. Es war die Musik unserer Mutter. Sie hatte früher unsere ganze Wohnung erfüllt. Ich schloss nur meine Augen und öffnete sie wieder. Ich bewegte meine tauben Füße. Sie waren nackt bis auf den kleinen Ring an meiner mittleren Zehe, den ich nie abnehme, weil ich glaube, das bedeutet ein Unglück, ein weiteres.

Nat griff nach hinten, nach seinem Rucksack auf dem Rücksitz. Er wühlte lange darin herum. Dann zog er das Fernglas daraus hervor und hielt es einen Moment vor seine Augen. Er rieb mit seinem Jackenärmel über die Windschutzscheibe und sah mit dem Fernglas durch die Scheibe hindurch. Er rührte sich nicht. Ich folgte seiner Blickrichtung, aber ich sah nur undurchdringliches Grau und die verworrenen Wasserrinnsale auf der Scheibe des Wagens.

Nat, man sieht nichts, sagte ich. Langsam nahm er das Fernglas wieder von seinen Augen, und für einen Moment hielt er es in der Hand, als wäre es ein Spielzeug. Er warf es von einer Hand in die andere, drehte es, wendete es und veränderte die Fokussierung, ohne noch einmal hindurchzusehen. Er knüpfte den Riemen an das Steuerrad, machte ihn wieder los, legte ihn um seinen Hals und zog mit beiden Händen an ihm, als wollte er sich den Hals zuschnüren. Er streckte die Zunge heraus und hustete. Nat, schrie ich, hör auf, Nat! Da machte er das Fernglas wieder los von seinem Hals und warf es zornig in meinen Schoß.

Ich fragte mich, ob es richtig war, was wir hier machten. Einmal mehr. Ob es nicht besser war zurückzufahren. Ich berührte Nat am Arm und streichelte ihn. Nur so ließ er sich wieder beruhigen. Ich suchte nach seiner Hand, und er gab sie mir. Langsam fuhr ich mit meinem Daumen über ihre Innenfläche. Es waren Nats Lebenslinien, die ich nachzeichnete. Immer und immer wieder.

Die Schwestern und Ärzte hatten uns nicht erlaubt, den zerstörten Körper unserer Mutter zu sehen. Sie deckten ihn mit einem dünnen Laken zu, wenn wir sie im Krankenhaus besuchten. Sie ließen uns nur das Gesicht unserer Mutter. Es war unverletzt geblieben, aber es sah aus wie eine Maske. Wir trauten uns nicht, es zu berühren.

Wenn die Schwestern den Körper unserer Mutter versorgten, mussten wir das Zimmer verlassen. Wenn wir zurückkehrten, suchten wir immer wieder von Neuem in den Falten des Lakens nach unserer Mutter. Unsere Hände strichen über Täler und Berge. Über Wälder und Seen. Manchmal erschien unsere Mutter einen Herzschlag lang. Sie versuchte, unsere Namen zu sagen, langsam und schwerfällig. Wie eine Betrunkene. Dann wurden unsere Namen von den Falten des Lakens verschluckt. Mit unseren Fingern gingen wir ihnen nach. Wir strichen über das Laken. Vorsichtig und zärtlich. Wir gingen dem Klang der Stimme unserer Mutter nach und riefen: Mutter, Mutter!, und dabei fanden sich unsere Hände.

Nat machte ein Paket *Fireballs* auf. Wir verwahrten sie im Fach zwischen unseren Sitzen. Wir hatten sie jetzt immer bei uns. Nat konnte sogar zwei auf einmal zerkauen. Während er sie zerkaute, holte er Luft und leitete die Luft zu seiner Zunge und wieder aus seinem Mund. Das kühlte. Sie waren gut gegen Müdigkeit und gegen alles. Sie machten alles erträglicher.

Ich nahm das Fernglas von meinem Schoß und steckte es in das Türfach neben mir. Es war ein altes, sehr einfaches Modell. Es hatte einmal unseren Großeltern gehört, die wir nicht kennen. Unsere Mutter erzählte uns nur, ihre Eltern hätten dieses Fernglas mitgenommen beim Wandern, um in den Bergen Tiere zu beobachten. Gämsen, Bergdohlen und Murmeltiere. Mehr wussten wir von unseren Großeltern nicht. Nat und ich waren noch nie auf einen Berg hochgeklettert, und wir kannten auch die Tiere nicht, die im Land unserer Großeltern lebten. Dort, wo wir wohnten, gab es keine Berge, und auch all diese Tiere gab es nicht.

Seit dem Unfall unserer Mutter konnte ich Nats Gedanken lesen und er auch die meinen. Wir verstanden uns, ohne zu reden, und wir wussten jetzt auch, dass wir uns liebten. Das war nicht immer so gewesen. Früher hatten wir uns bekämpft wegen Nichtigkeiten wie alle Geschwister. Wir hatten uns gegenseitig in die Schulhefte gemalt, uns an den Haaren gerissen und in die Gesichter gespuckt. Wir hatten einander, immer wenn sich die Gelegenheit bot, bei unserer

Mutter angeschwärzt und uns hinter ihrem Rücken die Zunge gezeigt. Heute war alles anders.

Ich wusste jetzt, dass Nat an die Beerdigung dachte. Wegen *Trolley Fox.* Ich versuchte, die Bilder, die von ihm zu mir wanderten, von mir wegzuweisen. Aber sie kehrten immer wieder zu mir zurück und klopften mit dem Regen an die Decke unseres Wagens. Ich schloss die Augen und strengte mich an, mit meinen Gedanken bei unserem Plan zu bleiben und ihn noch ein wenig auszuschmücken. Aber nach einer Weile musste ich die Bilder, die Musik und die Stimmen doch einlassen. Sie waren zu stark: all die Leute in ihren schwarzen Anzügen und Kleidern. Das kleine Grab unserer Mutter, das aussah wie eine offene Schachtel. Kunstrasen rundherum. Blumen. Bänder. Die Musik von Trolley Fox. Unser Brief, den ein Freund von Nat vorlas, in dem wir schrieben, dass wir unsere Mutter liebten mit der Stärke der Sonne und uns fühlten wie in der schwärzesten Nacht. Dann die Stimme einer Schülerin unserer Mutter, die ein Gedicht vortrug in der Sprache ihrer Heimat. Es hieß *Mazee* oder so. In der Stimme dieser Schülerin erkannten wir den Klang der Stimme unserer Mutter wieder und waren sicher, dass das Wort »Mazee« Sehnsucht bedeutete.

Als Lehrerin hatte unsere Mutter die Sprache ihrer Heimat seit vielen Jahren unterrichtet. Mit uns aber sprach sie diese Sprache nie. Als wir noch klein waren, stieg sie mit uns in ein Flugzeug, flog hierher und ließ alles hinter sich, was zu ihrer Heimat gehörte. Warum sie das getan hatte, wussten wir nicht, und sie erlaubte uns auch nicht, danach zu fragen. Das Fernglas war die einzige Spur, die in unsere Vergangenheit führte. Auf dem Fernglas stand Zeiss Optica 4. Mit dem Fernglas glaubten wir, in unsere Zukunft sehen zu können und auch in unsere Vergangenheit. Mit dem Fernglas wollten wir später nach unseren Großeltern suchen und nach unserem Vater, den wir auch nicht kannten.

Als das Gewitter nachließ, öffnete ich das Fenster einen Spaltbreit, und wir atmeten die kühle, regennasse Luft ein. Wir sollten jetzt gehen, sagte Nat, öffnete seine Tür und setzte einen Fuß aus dem Wagen. Es ist noch zu früh, sagte ich schnell, schau, das Haus ist noch gar nicht zu sehen. Und Nat schloss die Tür wieder. Er spürte meine Angst und dass ich noch nicht bereit war. Manchmal war er wieder der große Bruder, der mich wie seine kleine Schwester behandelte. Er tätschelte meine Wangen, seufzte und richtete sich auf seinem Sitz so ein, als wollte er schlafen. Er schloss seine Augen und schmatzte mit den Lippen und schnarchte ein bisschen. Aber ich wusste, dass er nicht schlief. Keiner von uns hatte wirklich geschlafen die letzten paar Tage.

Ich schob meinen Sitz nach hinten, legte mich hin und betrachtete die Decke des Wagens. Mit meinem Blick ging ich den Nähten nach, mit denen die Wattierung verbunden war, und all den Flecken auf dem Überzug, die mir vorkamen wie Wolken, die über uns hinwegzogen. Ich dachte wieder an das Haus und fragte mich, wie es aussehen würde. Ich stellte mir ein kleines Farmhaus vor mit freundlichen, hell erleuchteten Fenstern. Und ich stellte mir die Frau vor, wie sie sich hinter den Fenstern bewegte, wie sie in der Küche kochte und ab und zu hochsah über die Weiden, zur Scheune rüber und manchmal zum Himmel. Ich stellte mir vor, wie sie lächeln würde, wenn sie uns in unserm Auto entdeckte, wie sie dann die Tür öffnete und aus dem Haus träte und mit langsamen Schritten die Auffahrt herunterkäme, direkt auf uns zu.

Als unsere Mutter gestorben war, gingen wir leise aus ihrem Zimmer und aus dem Krankenhaus. Ihren Körper mussten wir den Ärzten überlassen – unsere Mutter hatte das so gewollt –, jedes Organ, das noch unversehrt war, auch ihr Gesicht.

Wir gingen den ganzen Weg vom Krankenhaus zu Fuß nach Hause. Die Hamilton entlang, die ganze 31ste und die Westwood Avenue hoch. Zu Hause legten wir uns in das Bett unserer Mutter und hielten uns gegenseitig fest mit unseren Armen. Wir streichelten und liebkosten uns. Nach dem Tod unserer Mutter liebten Nat und ich uns zum ersten Mal. Wir öffneten tagelang niemandem die Tür und nahmen auch keine Telefonanrufe an. Erst nach der Beerdigung unserer Mutter gingen wir wieder zur Schule.

Der Regen hatte längst aufgehört, aber ich rüttelte Nat nicht wach und sagte: da, schau, unser Haus. Endlich sieht man es! Ich war froh, dass Nat sich nicht rührte. Er war eingeschlafen. Ich sah zu, wie der Wind langsam die Wassertropfen von der Scheibe wegtrocknete. Kleine Punkte blieben zurück, dann trockneten auch sie. Der Himmel lichtete sich, und die Wolken wurden heller, ein Strahl der Sonne bahnte sich einen Weg bis in unsere Nähe. Zuerst dachte ich, dass das vielleicht wieder ein Zeichen war, wie damals, als wir den Namen der Frau herausfanden und ihre Adresse. Aber dann sah ich das Haus. Es war größer, viel größer, als wir es uns vorgestellt hatten. Und es war kein Farmhaus, sondern nur ein gewöhnliches Wohnhaus mit einer Veranda, die auf einen Vorgarten hinaussah. An ihren Pfeilern kletterten Rosen empor. Dazwischen hatte sich ein Windspiel verfangen, und an den Fenstern hingen Gardinen, die den Blick nur einen Spaltbreit einließen. Ich glaubte, ein paar Topfpflanzen und eine kleine Puppe mit Zöpfen dahinter zu erkennen. Es sah alles sehr friedlich und einladend aus.

Dann sah ich die Frau. Sie stieß die Verandatür auf und kam langsam, auf zwei Krücken gestützt, aus dem Haus. Sie trug Jeans und ein blassblaues Hemd, das fast bis zu ihren Knien hing. Um ihren Kopf war auf eigentümliche Weise ein buntes Tuch geschlungen. Ich beobachtete, wie sie die Veranda überquerte und mühsam mit einer Hand das Windspiel aus den Rosen befreite. Wie besessen drehte ich an der Fokussierung des Fernglases, zoomte das Gesicht der Frau heran und wieder weg. Hin und zurück. Aber ich sah nichts. Ich verlor die Kontrolle über mich, ähnlich wie Nat. Ich stieß mit der Faust gegen die Windschutzscheibe und gegen das Armaturenbrett. Wütend öffnete ich die Wagentür und schmiss das Fernglas in hohem Bogen hinaus.

Die Frau bemerkte mich nicht. Sie drehte sich nicht einmal um.

Erst als es ganz dunkel war, rüttelte ich Nat wach. Ich schrie ihn an: komm, lass uns fahren, Nat, komm! Nat rieb sich verschlafen die Augen. Dann sah er mich an. Er begriff sofort. Mechanisch drehte er den Zündschlüssel um, legte den Rückwärtsgang ein und ließ den Wagen anrollen. Er sagte nichts, er stellte keine einzige Frage, auch als er das Haus in den Kegeln der Scheinwerfer aufleuchten sah. Er fuhr einfach los. Mit mir. Hinaus in die Nacht.

der berühmte Bärenforscher ein Ju
ar, wollte er ein Bär sein.
erkleidete sich als Bär. Er spielte B
ar ein Bär.

Der Bärenforscher

BRIGITTE SCHÄR

Als der berühmte Bärenforscher ein Junge war, wollte er ein Bär sein.

Er verkleidete sich als Bär. Er spielte Bär. Er war ein Bär.

»Wer ein Bär ist, muss schon als Bär geboren sein«, erklärten ihm die Erwachsenen. »Du kannst kein richtiger Bär sein. Schau doch, du hast zwei Beine und zwei Arme. Ein Bär hat vier Beine und mächtige Tatzen. Du aber hast kleine, feine Menschenhände.«

Die Erwachsenen wollten den Jungen zur Vernunft bringen. Es war nun einmal so, und sie wussten es: Wer die Welt nicht realistisch sehen konnte, konnte darin nicht bestehen.

Der Junge aber wollte weiter ein Bär sein.

»Hör auf damit«, sagten die Erwachsenen und auch die älteren Kinder. »Nerv uns nicht länger. Stell dir mal vor, da wäre ein Bär, der ein Mensch sein wollte. Wie wäre das? Lächerlich doch. Und unmöglich.«

Das brachte den Jungen auf eine Idee.

Es kann ja sein, dass es irgendwo in der Welt einen Bären gibt, der mit mir tauschen möchte, überlegte er sich. Dann wäre beiden geholfen. Nur wie konnte er ihn finden? In einem Zoo wohl eher nicht. Da steckten die Bären hinter dickem Glas oder dicken Mauern. Wie sollte man mit einem solchen Bären die Rollen tauschen können? Zudem wollte der Junge nicht, sollte der Tausch gelingen, an Stelle des Bären gefangen sein.

Eines Tages packte der Junge einen kleinen Koffer und setzte sich in einen Zug. Er wollte hinaus in die Welt und diesen Bären finden.

Er kam zwar nicht bis dorthin, wo die Bären wohnten. Nach ein paar Stunden Fahrt wurde man auf das allein reisende Kind aufmerksam, und es wurde wieder nach Hause zurückgebracht. Dafür gelangte der Junge zu einer gewissen Berühmtheit, weil verschiedene Medien über die rührende Bärensuche des jungen Ausreißers berichteten.

Der Junge riss danach nie mehr aus, um Bären zu suchen. Und er war mittlerweile alt genug, um zu wissen, dass er nicht einfach in das Fell eines Bären schlüpfen konnte und ein Bär nicht einfach in seine Menschenhaut.

Die Bären zu beobachten, war die einzige Möglichkeit für den Jungen, ihnen nahe zu sein. Und so verbrachte er jede freie Minute im Zoo. Er redete mit den Bären – den Eisbären und den Braunbären. Er fotografierte sie mit der Kamera, die er zu Weihnachten geschenkt bekommen hatte. Er zeichnete sie.

Der Junge hatte künstlerisches Talent. Die Fotos gelangen gut, auch die Zeichnungen waren außergewöhnlich. Zudem las der Junge alles über Bären, was er finden konnte.

In der Schule hielt er Vorträge über Bären. Er war bestimmt derjenige junge Mensch mit dem meisten Wissen über sie.

Darum studierte er Biologie. Verhaltensforschung. Und natürlich war sein Schwerpunkt immer das Leben der Bären in freier Natur.

Jetzt reiste er wirklich dorthin, wo die Bären wohnten.

Wenn er sich daran erinnerte, wie er als kleiner Junge war, musste er schmunzeln. Der Junge, der ein Bär werden wollte! Kinder! Kinder!

Als Forscher wurde er berühmt dafür, dass er sich den Bären nähern konnte, als wäre er einer von ihnen. Furchtlos und aufrecht ging er zu ihnen hin. Dabei redete er ihnen zu, in einer Sprache, die er selber entwickelt hatte und die er »meine Bärensprache« nannte.

Er schrieb Buch um Buch über seine Bären. Er drehte Filme über sie. Er stellte seine Fotos und gemalten Bilder in Ausstellungen aus. Er hielt Vorträge überall auf der Welt. Er organisierte Bärenkongresse.

Am wohlsten war es ihm im natürlichen Lebensraum seiner Bären. Da war es dem Forscher, als sei er tatsächlich einer von ihnen, denn die Bären – die Einzelgänger und die Bärenmütter mit ihren Kindern – akzeptierten ihn. Selten traf der Forscher auch auf eine Ansammlung von Bären.

Als der Forscher wieder einmal von einem Aufenthalt bei den frei lebenden Bären zurückkehrte und sein Filmmaterial sichtete, machte er eine unglaubliche Entdeckung. Er selbst hatte doch die Kamera sicher an einem Ort platziert, von wo sie automatisch alles filmte, was sich zwischen ihm und den Bären abspielte. Also hätte er auf dem Film zu sehen sein müssen. Er war aber nicht zu sehen. In keiner Einstellung. Die Kamera hatte nur Bären aufgenommen.

Diese Entdeckung wühlte den Forscher auf. Wenn er nicht zu sehen war auf dem Film, dann konnte das nur heißen, dass er sich für die Zeit, in der er mit den Bären zusammen war, selbst in einen Bären verwandelt hatte.

Von da an passierten noch andere seltsame Dinge.

Bei einem Vortrag sah der Forscher plötzlich einen Bären im Publikum sitzen.

Ungläubig schaute er zum hintersten Rang des Zuschauersaals und unterbrach seinen Vortrag.

Als er nach hinten zeigte, drehten alle Leute sich um.

»Ich heiße auch den Bären unter uns recht herzlich zu meinem Vortrag willkommen«, sagte er dann.

Die Leute lachten, sie hielten es für einen guten Witz.

Der Forscher setzte seinen Vortrag fort. Gelegentlich aber unterbrach er sich und wiederholte in der Bärensprache, was er gerade in der Menschensprache gesagt hatte. Auch das amüsierte die Leute sehr.

Ein Bär oder gleich mehrere waren von da an immer dabei. Bei allem, was der Forscher tat.

Sie beehrten seine Ausstellungsvernissagen mit ihrem Besuch. Bei den Kongressen liefen sie zwischen all den studierten Bärenforschern und -forscherinnen herum.

Der Mann ließ ihnen besondere Leckerbissen bereitlegen. Denn Bären aßen nun einmal anders als Menschen.

Man hielt auch das für sehr lustig, wenn auch ein wenig unappetitlich. Vor allem, weil das Fressen für die Bären, in Näpfen, neben dem Essen der Menschen angerichtet wurde.

Der Bärenforscher kam den Leuten zunehmend seltsam vor. Er selber aber wurde immer noch glücklicher. Er fühlte sich seinen Bären so nahe wie nie.

Die Filme, die er drehte, waren eine Sensation. Es gelangen ihm Aufnahmen auf seinen Studienreisen, die man so noch nie gesehen hatte. Als hätte die Kamera beim Dreh unmittelbar bei den Bären und mitten unter ihnen gestanden.

Der Forscher wurde mit Preisen überhäuft. Mit wissenschaftlichen und künstlerischen. Es regnete Ehrenmedaillen und Diplome. Der Forscher war so gefragt wie nie.

Was niemand ahnte: Der Bärenforscher verwandelte sich wirklich und wahrhaftig in einen Bären, wenn er bei seinen geliebten Bären war. Und es war ihm so wohl dabei, dass er ihre Gesellschaft gar nie mehr missen wollte.

So kam es, dass der Forscher immer seltener selbst durch die Welt reiste. Dafür schickte er immer häufiger einen jungen, kräftigen und gelehrigen Bären an seiner statt auf seine Tourneen.

Die Freundschaft mit diesem einen Bären hatte sich in der Wildnis ergeben. Auf der tagelangen gemeinsamen Wanderung zu den Laichgebieten der Lachse, wo sie auch andere Bären trafen.

Der Bär machte seine Sache ausgezeichnet, ja sogar brillant. Er unterhielt das Publikum bestens.

Der Bär beherrschte die Menschensprache ebenso eloquent wie seine eigene Bärensprache, so dass das Publikum keinen Moment daran zweifelte, einen Menschen vor sich zu haben.

Der Wunsch des kleinen Jungen von damals hatte sich also erfüllt: Ein Mensch konnte sich in einen Bären verwandeln und ein Bär sich in einen Menschen. Wenn da nur genug Verständnis war, vor allem aber Leidenschaft.

ch bin alt und krank.
ch schaue mich um:
Vo bleibt der Tod?
od mit langem o

Ich bin alt und krank

JÜRG SCHUBIGER

Ich bin alt und krank.
Ich schaue mich um:
Wo bleibt der Tod?
Tod mit langem o.
Ein Kindervelo lehnt am Zaun.
Ein Fenster spiegelt herüber.
Das muss doch schon
die Adresse des Todes sein:
Wo mit viel o.

Unterdessen ist er längst umgezogen.
Seine neue Adresse bin ich.
Ich mit wenig i.
In meinem Brustkasten
macht er sich breit.
Breit mit viel ei.

Ich mit wenig i.
Tod mit viel o.
Breit mit viel ei.

(August 2014)

N ist ein bekannter
stabe, die meisten D
schen kennen N. In
Schulbüchern wird
meist mit Nashorn
geführt; N wie Nor
gibt es auch.

N

JENS SOENTGEN

N ist ein bekannter Buchstabe, die meisten Deutschen kennen N. In den Schulbüchern wird N meist mit Nashorn eingeführt; N wie Nordpol gibt es auch. In der Chemie steht N für Nitrogenium. Deutsch: Stickstoff. Was soll das sein? Ein Stoff zum Besticken? Oder ein Stoff, der stickig bis muffig riecht? Die Chemiker, die den Stickstoff am Ende des 18. Jahrhunderts erstmals isolierten, hatten anderes im Sinn. Sie erkannten: Dieses Zeug kann man nicht atmen, eine Maus erstickt darin, nennen wir es also Stickstoff. Oder Azote – Leblos, wie der französische Chemiker Lavoisier vorschlug.

Nitrogenium, Stickstoff: Die Namen sind irreführend. Lebensstoff wäre passender. Denn der Stoff, den wir Stickstoff nennen, ist ein Gigant in der Natur. Nur der Kohlenstoff übertrifft ihn in der biologischen Bedeutung. Der Stickstoff könnte wie ein antiker Gott Dutzende Namen haben, die alle richtig wären: Lebenserhalter, Lebensschaffer, aber auch Blitzeschleuderer. Bleiben wir bei der chemischen Abkürzung. Nennen wir den Stickstoff einfach N. Dieser Buchstabe soll ihn bezeichnen und zugleich unser Nichtwissen angeben. N wie NN, *nomen nescio*.

In den chemischen Datenbanken kann man Hunderttausende N-Verbindungen nachschlagen, doch lässt sich diese Fülle vereinfachen. Denn es gibt eigentlich nur drei Sorten N: das blaue N, das grüne N und das rote N. Das blaue N – das ist unser Luftstickstoff, hier leben zwei Stickstoffatome in ewiger Harmonie. Eine offenbar gleichgeschlechtliche Partnerschaft, die im Reich der Stoffe nicht etwa die Ausnahme, sondern die Regel ist. Sie ist so harmonisch, dass der Stickstoff am liebsten diese Form annimmt und in ihr möglichst ewig umherschwebt. Dies ist seine himmlische Natur. In ihr bleibt der Stickstoff und verlässt sie nur dann, wenn ein wirklich außergewöhnliches Ereignis ihn herausreißt. Ein Blitzschlag etwa kann ihn ins Reich der veränderlichen Dinge stoßen. Oder auch bestimmte Bakterien, die den blauen Stickstoff über ein molekulares Geheimprogramm in grünen umwandeln können.

Das grüne und das rote N – das sind die zwei sozusagen irdischen Formen des Stickstoffs. Zum Unterschied von der atmosphärisch-himmlischen Form des NN. Die beiden irdischen Formen nimmt er an, wenn er aus seiner göttlichen Ruhe in der Atmosphäre herausgeschubst wird. In diesen beiden Formen mischt er sich unter das Leben und ist rastlos tätig, stets auf Wanderschaft wie ein kunstreicher Handwerker, dessen Arbeit überall gefragt ist.

Der grüne Stickstoff, das ist zum Beispiel Ammoniak, um gleich die prominenteste Form zu nennen. Grüner Stickstoff ist überall drin, wo Leben gedeiht. Wie der Buchstabe N überall zu finden ist, so auch das grüne N. In der DNA etwa, der Trägerin der Erbsubstanz. In den Enzymen, im Eiweiß, aber auch in den Alkaloiden. Im Chlorophyll ebenso wie im Hämoglobin. Wo immer Pflanzen und Tiere wachsen, benötigen sie grünes oder rotes N.

Das rote N ist im Grunde genommen radikalisiertes, scharfgemachtes grünes. Es ist oxidiert, wie der Chemiker sagt, das heißt auf Griechisch »scharfgemacht«. Salpeter zum Beispiel ist rotes N. Auch dieses N fördert Leben und Wachstum. Zugleich aber kann man mit dem roten N sprengen und schießen. In der Natur kommt es nirgends vor, erst dem Menschen, der rotes N braucht, um seine Artgenossen umzubringen, ist es aufgefallen. Für die Natur sind rotes und grünes N eigentlich ein und dasselbe.

Zwischen dem blauen, dem roten und dem grünen N gibt es seit vielen Jahrmillionen eine Verwandlungskette. Sehen wir uns ein Beispiel an: Unser N, als blaues NN, fliegt um das Jahr 1690 in der Nähe der französischen Kathedrale von Chartres umher. Wolken ziehen auf, ein ungeheurer Gewittersturm braut sich zusammen. Die Gewitterglocken der Kathedrale und die Glocken in den Kirchtürmen der umliegenden Dörfer werden geläutet. Es blitzt, Hagelkörner von Tennisballgröße prasseln nieder, Erinnerungen an das Unwetter von 1340 werden wach, als hunderte Soldaten durch Hagelkörner erschlagen wurden. Ein Blitz fährt mitten durch unser NN, trennt es von seinem Partner und schleudert es ins Reich der veränderlichen Dinge. Bald verbindet es sich mit Sauerstoff und Regenwasser zu Salpetersäure, rotem N, und regnet auf eine Wiese. Dort wird es begierig von einem keimenden Graskorn aufgenommen, das es in seine DNA einbaut. Das Gras wächst heran, blüht, wird befruchtet und bildet eine Ähre. Ehe diese reifen kann, kommt eine Kuh daher und frisst den Halm. In den Mägen der Kuh wird die unendlich lange Kette, in die unser N eingebunden ist, zerkleinert und wandelt sich in das Enzym einer Milchsäurebakterie, die im Pansen der Kuh lebt. Mit der Kuh wandert es zwischen dem Kuhstall und der Weide einige Tage hin und her, ehe das Bakterium stirbt und schließlich als Kuhfladen durch die Stallbretter ausgeschieden wird. Es liegt nun in einer Grube und kann das Geschehen im Stall von unten betrachten. Der Ort ist zugig, seitlich hat man Lüftungslöcher angebracht, und so findet unser N bald wieder einen Sauerstoffpartner. Eines Tages hört es Stimmen, eine schimpfende und eine fordernde. Erstere ist die des Bauern, er kommt in den Stall und flucht: »Erst vor zwei Jahren ist bei mir gegraben worden, könnt Ihr nicht ablassen? Der ganze Stall steht voll mit Vieh!« Die andere Stimme ist barsch: »Hier ist mein Patent, der Minister des Königs selbst hat unterschrieben. Ich habe das Recht, bei Euch zu graben, wann immer es mir passt. Es hat keinen Zweck zu krakeelen. Lasst Asche holen und Holz, König Ludwig braucht Salpeter für seine Armee!«

Das Vieh wird herausgetrieben, die Bretter werden gelöst, und Schaufeln holen die Mischung aus Mist und Stroh aus der Grube. In großen Bottichen wird unser N gewaschen und gereinigt, um schließlich in schön kristallisierter Gestalt als Kaliumnitrat wiederaufzustehen. Doch der schöne Glanz währt nicht lange, in einer Pulvermühle wird es mit Schwefel und Kohlenstoff gebrochen, zusammengeknetet und zu Schwarzpulverkörnern gerollt. In einem königlichen Arsenal bei Paris lagert es einige Monate, bis es schließlich, es ist das Jahr 1693, in den Krieg zieht. Mit der Armee Ludwigs XIV., der im pfälzischen Erbfolgekrieg seine Ansprüche durchzusetzen gedenkt, wandert es durch die deutschen Lande bis nach Heidelberg. Hier endet sein irdischer Weg. Mit einer kupfernen Schaufel wird es in einen Mörser geschoben, dann ist da wieder Feuer und Blitz! Und plötzlich findet sich unser N wieder mit einem Partner vereint, als NN steigt es im Pulverrauch empor. Mit einem Kanonenschuss, gefeuert auf die befestigte Stadtmauer, erlangt es seine Freiheit wieder. Aus dem roten N wird wieder blaues N, Luftstickstoff. So schnell es kann, entfernt sich unser N von dem brennenden, rußenden Kriegsschauplatz, lässt sich vom Wind forttragen, weit weg in Richtung Meer. Hier verlassen wir unser N.

Seine Geschichte ist typisch für n-zählige Geschichten von den Verwandlungen des blauen, roten und grünen N im Mittelalter und in der Frühen Neuzeit. Der Mensch hatte noch keinen Weg gefunden, aus dem Luftstickstoff reaktiven Stickstoff herzustellen, nur durch Gewitter und Bakterien erhielt er begrenzt Nachschub. Er hatte aber schon gelernt, dass sich aus dem N in der Ackererde Schießpulver herstellen ließ, und nutzte diese Entdeckung für die Erfindung aller möglichen Waffen, mit denen er seinen Nachbarn aus dem Weg räumen konnte. Zugleich pflanzte er Pflanzen auf seine Äcker, vor allem Klee, die die Kunst verstanden, aus blauem N grünes N zu schaffen: So erhöhten die Bauern im 16. und 17. Jahrhundert die Fruchtbarkeit ihrer Felder. Dennoch blieb das Gleichgewicht zwischen blauem N einerseits und irdischem N andererseits über Jahrhunderte kaum verändert. Das weitaus meiste N ist blaues N, und nur ein verschwindend kleiner Teil wandelt sich irgendwann in rotes oder grünes N um. Doch gerade auf diesen verschwindend kleinen Teil kommt es an, denn je mehr rotes oder grünes N, desto mehr Leben, desto mehr Grün, desto reichere Ernten.

Vor etwas mehr als einhundert Jahren, im September 1913, ging die erste industrielle Haber-Bosch-Anlage in Oppau bei Ludwigshafen in Betrieb. Es war dem deutschen Chemiker Fritz Haber gelungen, ein industrielles Verfahren zu entwickeln, das den Stickstoff der Luft – das blaue N – in Ammoniak verwandelt. Ammoniak ist grünes N und kann als Stickstoffdünger verwandt werden. Meist wird es vorher noch ein wenig behandelt, weil Ammoniak giftig ist und zudem schnell flüchtig. Man kann es leicht in Ammoniumnitrat umwandeln, das man dann auf die Felder streut. Fritz Haber wollte seine Mitmenschen vor Hunger bewahren. Er löste ein Problem, das der englische Chemiker William Crookes als »Weizenfrage« bezeichnet hatte. Crookes hatte 1896 in einer berühmten Rede behauptet, dass die Europäer bald hungern würden, wenn es nicht gelinge, den Pflanzen das grüne N, das für ihr Wachstum unerlässlich ist, nachzuliefern. Pflanzen brauchen Stickstoff für ihre Proteine und insbesondere für ihr Blattgrün. Indem sie wächst, verbraucht die Pflanze den reaktiven Stickstoff im Acker. Der Luftstickstoff, der überreichlich vorhanden ist – Luft besteht zu neunundsiebzig Prozent aus Stickstoff –, nutzt der Pflanze nichts, denn sie beherrscht die Kunst nicht, blaues N in grünes umzuwandeln. Der Acker wird mit jeder Ernte ärmer – falls nicht gedüngt wird. Um die Fruchtbarkeit der Äcker zu erhalten, streute man Chilesalpeter darauf, doch dessen Vorkommen gingen, wie William Crookes vorrechnete, zur Neige. Genau da erfand Haber ein Verfahren, den Salpeter aus der Luft zu holen, blaues N in grünes zu verwandeln. Luft ist unbegrenzt verfügbar; und ansonsten benötigte man nur Kohle (oder heute Erdgas), die ebenfalls reichlich vorhanden war. Die Weizenfrage war gelöst. Ein Team um Carl Bosch und Alwin Mittasch entwickelte aus dem Laborverfahren eine industrielle Technik. Sie ging im Herbst 1913 in die Produktion. Ein Jahr später begann der Erste Weltkrieg, und man erinnerte sich, dass sich aus dem Dünger auch Schießpulver herstellen ließ. Ammoniumnitrat, grüner Stickstoff, mit dem heute noch die Felder gedüngt werden, ist zugleich roter Stickstoff, mit ihm kann man sprengen und schießen. Als die deutsche Heeresleitung nach der Schlacht an der Marne erkannte, dass der Bewegungskrieg in einen Stellungskrieg einfror, für den aber nicht hinreichend Schießpulver zur Verfügung stand, wurde Carl Bosch nach Berlin zitiert. Er gab dort gegenüber der Obersten Heeresleitung das berühmte Salpeterversprechen ab: Durch neue Haber-Bosch-Anlagen und daran angeschlossene Weiterverarbeitungen würde man mehr Salpeter aus der Luft holen. Der Krieg, der sonst schon 1915 aus Mangel an Salpeter, an rotem N, zu Ende gewesen wäre, konnte weitergehen.

Wir könnten nun unser N noch einmal aus seiner göttlichen Ruhe in der Atmosphäre holen und durch die Röhren in Ludwigshafen schicken. Vielleicht im Jahre 1915? Dann wäre es nicht mit der französischen Armee nach Deutschland marschiert, sondern erst auf einem der großen Schlachtfelder des Ersten Weltkriegs wieder in die Luft gelangt. Auf technologisch neuer Stufe wiederholt sich die alte Geschichte. Aus luftförmigem N kann nun auch der Mensch Irdisches kochen, nicht nur die Blitze und die Bakterien. Er hat gelernt, eine natürliche Grenze zu überwinden. Krieg und Ernten, Tod und Leben, ließen sich nun fast unbegrenzt steigern.

Durch Stickstoffdünger, wie ihn die Haber-Bosch-Anlagen und ihre Erweiterungen liefern, konnte man die Erntemenge pro Hektar Ackerland verdoppeln. Da sich aber die Zahl der Menschen zugleich mehr als verdreifacht hat, konnte der Hunger nicht so wirkungsvoll bekämpft werden, wie man dies ursprünglich wollte. Zudem kommen auch nur wenige Prozent des gebundenen N bei den Pflanzen an. Würden wir unser N befragen, was sich gegenüber den alten Zeiten am deutlichsten verändert hat, so würde es uns zweifellos sagen: »Die Zahl der roten und grünen Ns hat sich gegenüber früher verdoppelt! Doppelt so viele N sind auf irdischer Pilgerfahrt!« Das ist das neue Phänomen! Der N-Kreislauf läuft nun mit doppelt so viel reaktivem N! Und das hat politische, militärische und ökologische Folgen. Politische, weil es nun mehr als dreimal so viele Menschen gibt wie 1913. Die Hälfte von ihnen sind von dem Haber-Bosch-Verfahren abhängig; man hat errechnet, dass annähernd die Hälfte der jetzigen Weltbevölkerung hungern oder gar sterben müsste, wenn der N-Nachschub aus den Fabriken aussetzte. Militärisch, weil es keinen Engpass mehr gibt bei Sprengstoffen und Treibladungen. Die Materialschlachten des 20. Jahrhunderts wären im 18. Jahrhundert gar nicht möglich gewesen, weil das Pulver gefehlt hätte. Eine einzige moderne Kunstdüngerfabrik erzeugt so viel Salpeter wie eine halbe Million Salpeterer. Schlachten können nun Wochen, ja Monate dauern, nicht nur Tage. Im Ersten Weltkrieg wurde bisweilen an einem einzigen Tag so viel Munition verschossen wie im gesamten Deutsch-Französischen Krieg von 1870/71.

Die ökologischen Folgen des Haber-Bosch-Verfahrens, das blaues N aus der Luft holt, um grünes und rotes (oder grün-rotes) daraus zu machen, bestehen darin, dass wir rotes und grünes N heute überall finden. Im Brunnen, im Fluss, im See. An vielen Orten im sogenannten Corn Belt der USA kann man das Trinkwasser nicht mehr trinken, weil zu viel Salpeter darin enthalten ist. In Deutschland ist zu viel N im Trinkwasser in landwirtschaftlich intensiv genutzten Regionen ebenfalls ein Problem, dem man gern dadurch begegnet, dass man Brunnen tiefer bohrt oder N-belastetes Wasser mit anderem mischt, das sauberer ist. Besonders leiden die Meere am Übermaß des N, das mit den Flüssen hineingespült wird. Manche Küstenregionen sind biologisch tot, weil zu viel Stickstoff erst Algen wachsen lässt, die dann, wenn sie absterben, den Sauerstoff im Gewässer verzehren.

Das ist es, was die Geschichte des N so brisant macht. Wir leben in einer vereNNteN, in einer veränderten Welt.

Durch das Haber-Bosch-Verfahren greift der Mensch wie durch keine andere industrielle Technik in den Kreislauf des Lebens ein. Rund jedes dritte N-Atom in unserem Körper stammt aus einer Haber-Bosch-Anlage. Der »natürliche« N-Kreislauf ist heute weitgehend vom Menschen dominiert. Die Menge des von Menschen erzeugten reaktiven N liegt in derselben Größenordnung wie das von allen natürlichen Prozessen an Land hergestellte. Bestimmte Lebensformen, die der Mensch wünscht, haben ihre Zahl verdoppelt und verdreifacht – auf Kosten der natürlichen Lebewesen.

Wir stehen am Ende der Geschichte von Salpeterversprechen und Weizenfrage. Beide hängen aufs Engste mit dem Haber-Bosch-Verfahren zusammen. Heute stellt sich uns nicht die Frage, wie wir rotes oder grünes N aus dem blauen N herstellen. Wir brauchen den umgekehrten Haber-Bosch, der uns sagt, wie das viele N wieder aus der Welt herauskommt! Diese Aufgabe ist aus ökologischen und politischen Gründen mindestens ebenso dringend wie die Weizenfrage, die vor über hundert Jahren Fritz Haber zu seiner Erfindung anregte. Vor allem in den USA ist das Bewusstsein für dieses Problem weit fortgeschritten, weil man dort im Golf von Mexiko jedes Jahr sieht, was zu viel N im Wasser bewirken kann: tote Zonen, groß wie Hessen. Die Geschichte des N zeigt, dass wir durch chemische und technische Innovationen Grenzen aufheben können. Vor 1913 war der reaktive Stickstoff in der Natur knapp. Heute kann er in fast unbegrenzter Menge hergestellt werden, sofern genug Energie vorhanden ist. Aber die unbegrenzte Produktion führt zu Nebenwirkungen. Man versucht diese mit Stickstoffverordnungen, mit neuen Technologien, aber auch mit Naturschutzmaßnahmen, etwa der Wiedervernässung von Sümpfen, zu steuern. In Sümpfen wird reaktives N abgebaut und in Luftstickstoff zurückverwandelt. Die Geschichte des N zeigt, dass wir uns selbst Grenzen setzen müssen, wenn wir die natürlichen Grenzen aufgehoben haben.

DIE AUTORINNEN UND AUTOREN

ERNESTO CARDENAL, 1925 in Granada/Nicaragua geboren, studierte Literatur und Theologie. Nach seiner Priesterweihe gründete er die christliche Kommune auf Solentiname und unterstützte den Widerstand gegen die Diktatur Somozas. 1979 wurde er Kulturminister des Landes, 1980 erhielt er den Friedenspreis des Deutschen Buchhandels, 2005 war er für den Literaturnobelpreis nominiert. 2012 wurde er für sein literarisches Werk mit dem renommierten *Premio Reina Sofía de Poesía Iberoamericana* ausgezeichnet. Sein Gesamtwerk in deutscher Sprache erschien im Peter Hammer Verlag.

HARRIET GRUNDMANN, geboren 1969 in Berlin, wuchs in Büsum auf und lebt heute als Autorin und freie Künstlerin in Hamburg. Seit vielen Jahren schreibt sie Geschichten, die in renommierten Verlagen erscheinen und in viele Sprachen übersetzt wurden. Zudem inspiriert sie Erwachsene und Kinder in ihren kreativen Workshops zum Schreiben. Im Peter Hammer Verlag erschienen mehrere Bilderbücher, zuletzt »Die Sache mit Nummer 8« mit Illustrationen von Tobias Krejtschi. www.harrietgrundmann.de

TENDAI HUCHU, geboren 1982 in Bindura/Simbabwe, besuchte die Churchill High School in Harare, bevor er an der University of Zimbabwe Bergbautechnik studierte. Heute lebt er als Autor und Podologe in Edinburgh/Schottland. Im Peter Hammer Verlag erschienen sein viel gelobter Debütroman »Der Friseur von Harare« und 2016 der Roman »Maestro, Magistrat und Mathematiker«.

HANNA JANSEN, geboren 1946, war im Schuldienst und der Lehrerfortbildung tätig, spielte Theater und leitete Literaturwerkstätten. Sie ist Autorin mehrerer Bücher für Kinder und Jugendliche; zuletzt erschien ihr Roman »Über tausend Hügel wandere ich mit dir« im Peter Hammer Verlag. Elf Kinder aus aller Welt fanden bei Hanna Jansen und ihrem Mann ein neues Zuhause. Das Leben mit ihrer Großfamilie gibt ihr die meisten Impulse für ihre Romane. www.hannajansen.de

MEJA MWANGI, 1948 in Nanyuki, Kenia, geboren, arbeitet seit dem Erfolg seines ersten Romans »Kill me quick« (1973) als Schriftsteller und Drehbuchautor in Kenia und Europa. Er wurde mit dem Jomo Kenyatta Award, dem Adolf-Grimme-Preis, dem Deutschen Jugendliteraturpreis für »Kariuki und sein weißer Freund« und dem Wahome Mutahi Literary Award ausgezeichnet. Im Peter Hammer Verlag erschienen fast alle seine Bücher in deutscher Sprache, zuletzt »Rafiki« und »Tanz der Kakerlaken«. www.mejamwangi.com

WERNER PETERMANN, geboren 1947, studierte Ethnologie, Philosophie und Ägyptologie in München und promovierte über die Kunst afrikanischer Regenmacher. Noch während des Studiums gründete er mit Freunden die ethnologische Zeitschrift »Trickster«, aus der der gleichnamige Verlag hervorging, der seit 1996 als »Edition Trickster« im Peter Hammer Verlag weitergeführt wird. Werner Petermann arbeitet als Lektor, Herausgeber, Autor und Übersetzer in München. Seine »Geschichte der Ethnologie« und andere Werke erschienen in der Edition Trickster.

ARNE RAUTENBERG, geboren 1967 in Kiel, studierte Kunstgeschichte, Neuere Deutsche Literaturwissenschaft und Volkskunde.

Seit 2000 lebt er als freier Schriftsteller, Künstler und Kulturjournalist in seiner Geburtsstadt. Gedichte und Geschichten von Arne Rautenberg sind in mehreren Einzeltiteln und in vielen Anthologien und Zeitschriften erschienen. Zuletzt erschienen seine Kindergedichte »der wind lässt tausend hütchen fliegen« (Boje Verlag, 2010) und »montag ist mützenfalschrumtag« (Peter Hammer Verlag 2014). www.arnerautenberg.de

GILLES RECKINGER, 1978 in Luxemburg geboren, studierte Kulturanthropologie, Europäische Anthropologie und Soziologie. Er ist Dokumentarfilmer und Lehrbeauftragter an verschiedenen Universitäten und berät den Europäischen Bund für Bildung und Wissenschaft. Er beschäftigt sich mit Themen wie Prekarität, Ausgrenzung, Migration und europäischem Grenzregime. Sein Buch »Lampedusa« wurde mit dem Theodor-Körner-Preis ausgezeichnet und für die Shortlist des Opus Primum nominiert.

DIANA REINERS, geboren 1979, ist freiberufliche Anthropologin, Projektsupervisorin und externe Dozentin an den Universitäten St. Gallen, Bozen, Graz und Innsbruck. Studium der Kunstgeschichte, Architektur und Kulturanthropologie in Graz, Doktorat in Graz, Genf, Québec und Montréal. Bis 2011 Assistant Professor am Seminar für Soziologie der Universität St. Gallen, arbeitet sie seit Jahren zu Migration, sozialer Ungleichheit und Umbrüchen der Arbeitswelt.

VIOLA ROHNER, geboren 1962, studierte Germanistik, Geschichte, Theaterwissenschaften und Psychologie in Zürich und Berlin und unterrichtet als Gymnasiallehrerin Deutsch und literarisches Schreiben. Sie schreibt Prosa und Theaterstücke für Erwachsene und Bilderbuchtexte für Kinder. Im Peter Hammer Verlag erschienen ihre Bilderbücher »Wie Großvater schwimmen lernte« und »Das Wild im Marmeladenglas«, beide illustriert von Dorota Wünsch. Im Rotpunkt Verlag erschien 2014 ihr erster Roman »Alles Gute und auf Wiedersehen«. Viola Rohner lebt mit ihrer Familie in Zürich und Innsbruck. www.violarohner.ch

BRIGITTE SCHÄR, geboren 1958, ist Schriftstellerin, Performerin und Sängerin mit Einflüssen aus Jazz, Improvisation, Klassik, Pop, World und Chanson. Sie veröffentlichte viele Bücher und CDs für Kinder und Erwachsene, die mehrfach ausgezeichnet und in 16 Sprachen übersetzt wurden. Sie unternimmt Auftrittsreisen mit Lese-Performances und Konzertlesungen in der ganzen Welt. Im Knapp Verlag erschien »Unwetter. Unheilvolle Geschichten« und im Peter Hammer Verlag ihr Kinderbuch »Lisa, Paul und Frau Fisch«. Brigitte Schär lebt in Zürich. www.brigitte-schaer.ch

JÜRG SCHUBIGER, 1936 in Zürich geboren, schrieb für Kinder und Erwachsene. Für seine Kinderbücher erhielt er viele Auszeichnungen, darunter den Deutschen Jugendliteraturpreis. 2008 wurde er für sein Werk mit der Hans-Christian-Andersen-Medaille geehrt. Im Haymon Verlag erschienen seine Romane, zuletzt »Die kleine Liebe« und »Nicht schwindelfrei«. Im Peter Hammer Verlag u. a. seine Bilderbücher »Das Kind im Mond« und »Schon wieder was«. Im September 2014 verstarb Jürg Schubiger in Zürich.

JENS SOENTGEN, 1967 in Bensberg geboren, studierte Chemie und Philosophie und lehrte an Universitäten in Deutschland und Brasilien. Seit 2002 ist er Leiter des Wissenschaftszentrums Umwelt der Universität Augsburg. Im Peter Hammer Verlag erschienen u. a. »Selbstdenken«, »Von den Sternen bis zum Tau«, das für den Deutschen Jugendliteraturpreis nominiert wurde, und »Wie man mit dem Feuer philosophiert« mit Illustrationen von Vitali Konstantinov.

Lektorat: Gudrun Honke
Umschlaggestaltung und Typografie: Magdalene Krumbeck
Satz: Graphium press, Wuppertal
Druck: CPI Leck
ISBN 978-3-7795-0536-5
www.peter-hammer-verlag.de